講談社文庫

まどろみ消去

MISSING UNDER THE MISTLETOE

森 博嗣

JN276141

講談社

まどろみ消去

Missing under the Mistletoe

目　次

イラストレーション　山田章博

MISSING UNDER THE MISTLETOE
by
MORI Hiroshi
1997
PAPERBACK VERSION
2000

虚空の黙祷者

Silent Prayer in Empty

1

蟬《せみ》の声が鬱蒼《うっそう》とした樹々の隙間を埋めようとしている。

光は反射を繰り返し、衰えることがない。しかし、幾重にも重なる枝葉のため、境内《けいだい》の白い地面に届く陽射《ひざ》しは僅《わず》かで、一度湿った空気は低く滞《とどこお》り、波打つ黒色の瓦屋根を再び見下ろすことは容易ではなかった。

だから、この寺の敷地だけは、まるで地下室のように、何故かひんやりとした、囚《とら》われた懐かしさでいつも満たされている。

水木《みずき》ミドリは、七歳になる息子の友太《ゆうた》に、近くで遊んでいるように言い残して、少し上り坂になる石畳の小《こ》径《みち》を奥へ向かった。

寺の宗派はよくわからない。ミドリは、小さいとき毎日といっても良いほどこの寺に遊びにきていた。すぐ隣は、寺の住職が経営する保育所で、彼女もそこに通っていたのだ。それに、年に一度の祭のときにも、この寺の前の道路に屋台が賑《にぎ》やかに並んだものである。

ミドリは、幼馴染みの水木友則《とものり》と結婚して、建売りの小さな一軒家に引っ越した。それが、この寺のすぐ近くだった。水田の脇に建てられ、唐突に三つだけ並んだ貧相な分譲住宅であったが、彼女たちには若くして持ったマイホームである。この寺からは歩いて二、三分の距離だ。友太が生まれてからも、幼子を抱いて、ミドリはこの寺まで毎日散歩にくるのが日課だった。

けれど、この町とも、この寺とも、明日でお別れである。

寂れた本堂に上がる石段の手前で、ミドリは、掃除をしている住職を見つけた。

「やあ、これは……、水木の奥さん」住職は涼しい表情で微笑《ほほえ》んだ。

住職、村上和史《むらかみかずし》はまだ若い。彼は、ミドリの夫、水木友則と同期である。彼ら二人は、小学校、中学校の同級生で、ミドリよりも三つ歳上だった。

「こんにちは」ミドリは頭を下げる。そして、持ってきた紙袋を見てから言った。「あの、実は、引っ越すことになりましたので、ご挨拶に伺《うかが》いました」

「おや……」住職は口を小さく開け、悠長《ゆうちょう》に驚いた表情を見せる。「そりゃ、また……。どちらへ？」

「ええ、静岡市へ」

「お仕事の関係ですか？」

「はい」ミドリは頷く。それから、包装された箱を紙袋から取り出した。「あの、これ、本当につまらないものなんですが……、村上さんには、いろいろとお世話になりましたから……」

「あ、ああ、いや……、それは、ご丁寧に……」住職は持っていた箒《ほうき》を慌てて石段の横に立てかけ、両手でミドリから箱を受け取った。

何か言おうと思ったが、言葉が出てこない。

ミドリは、少し辺《あた》りを見回す。意識すると蟬の声だけが聞こえ、近くに人気《ひとけ》はない。彼女は、白いワンピースだったが、首筋に汗をかいていた。片手に持ったハンカチを、ミドリは口もとに当て、もう一度、住職を見た。

彼も、ミドリを見ている。

「冷たいお茶でもいかがですか？　ええ、どうぞ、そちらから、お上がりになって下さい」

「あ、いいえ、あちらに友太がおりますし……」ミドリは笑顔を作って片手を振った。「あの……、もう、私……」

「いや、どうぞどうぞ、ご遠慮なく。遠くへ行かれるんですからね……、せめてお茶くらい、ね、よろしいでしょう？」

住職は、そう言いながら、既に奥へ歩きだしている。

ミドリは、しかたなく従った。

2

一枚ずつの板が微妙に反り返っている灰色の板張りの廊下は、ミドリたちの歩みに合わせて、奇妙な冷たい音を立てた。苔《こけ》の生えた石で囲まれた池には、半分だけ空が明るく映っていて、あとの半分は真っ黒だった。その小さな池が中庭の中心で、通された応接間の襖《ふすま》を開けると、明暗に分割された池の面《おも》が見えた。ミドリが座布団に座って待っていると、住職は、氷の入った麦茶を盆にのせて戻ってきた。

村上和史は、五年まえに亡くなった父親から、この寺を継いだ。ミドリの夫、友則と同じ歳なので、今年で三十七になる。まだ独身だった。若い頃には、長髪で色白の大人しそうな風貌の青年で、何年かイギリスに留学していたというインテリである。大工をしていた夫の友則とは、対照的な男だったが、二人は大の親友で、ミドリ自身も、友則と結婚する以前から、村上のことをよく知っていた。

風がなく、蟬の声はまだ近い。

「そうですか……、引っ越されるんですか……」麦茶を飲みながら、住職は言った。「いやあ、そりゃあ、なんか寂しくなりますね」

「いずれは戻ることになるかもしれません。実家がこちらですから……。そう、それに、お休みの日には、こちらへ来る機会があると思いますわ」

「そうですね……、そのときは是非、ここに寄って下さい」

「はい」

友則と結婚していなかったら……。

ミドリは住職を見ながら、少し考えた。友則と結婚していなかったら、自分の人生はもっと安定していたかもしれない。

最近でこそ少し落ち着いたものの、友則がいなくなってしまってからの数年間は、彼女にとって本当に辛《つら》かった。住宅のローンもあった。それは、もちろん今でも残っている。親の反対を押し切っての結婚であったし、彼女の実家も決して裕福とはいえなかった。自分一人だったら、多少は楽だったかもしれない。いや、逆にもっと辛かっただろうか？

ミドリは、それまで、仕事などろくにしたことがなかったが、幼い息子のために懸命に働いた。ようやく、そんな生活にも最近慣れてきたところである。今回の転勤の話も、願ってもないチャンスだった。

「お宅は、どうされるんですか？」住職は庭を見ながらきいた。

「ええ、売るつもりです」ミドリは答える。

住宅ローンはまだ半分以上残っている。引越先のアパートは決まっていたが、今の自宅の売却についてはまだだった。最近の不景気にあっては、おそらく、売れても残っているローンを支払えるぎりぎりであろう。

「失礼ですが、いくらくらいなんです？」住職は煙草に火をつけながらきいた。「その……、今どき、どれくらいで売れるものかと思いまして……」

「はい、せめて二千万くらいでは……、売りたいところなんですけど」ミドリは素直に答えた。「なかなか買い手が見つからないようです。不動産屋さんのお話では、あの条件では、せいぜい千五百万くらいがいいところだろうって……」

「ああ、それは酷《ひど》いですね」住職は煙を吐きながら顔をしかめた。「だって、水木君が買ったときは、確か……三千四百万……、でしたっけ？」

「はい」ミドリは頷く。

「本当に、この不景気で、みんなが損をしているんですね」住職は腕を組み、煙草の煙に目を細めた。「結局は、末端の……、いや失礼……、その、我々庶民につけが回ってくるように、できているんですよ。いやあ、僕なんか、こうしてのんびりしていますけど……、本当、奥さんもご苦労が絶えませんね。まったく、水木君がいたら……、いや、友人としてね……、本当に申し訳ない。できることがあったら何でも僕に言って下さい。できる限りのことはしますから」

ミドリは黙って頭を下げた。

友則がいてくれたら……。

夫がいてくれたら……。

ついこのまえまで、夫のことを、友則のことを考えるだけで、ミドリは笑っていても涙が出た。

友則は、ちょうど五年まえにいなくなった。

まったく何の前兆もなかったのだ。

普通に生活していた。

普通に暮らしていたのに……。

3

五年まえの冬のことである。

たまたま、夫の帰りが遅い夜だった。二歳になる友太が熱を出した。ミドリは動揺し、病院へ電話をかけてから、タクシーを呼び、友太を担ぎ込んだ。

友太の熱もようやく少し下がり、病室で朝を迎えたミドリは、病院の待合室から自宅に電話をかけたのである。

ベルが十回ほど鳴ってからつながった。

「あ、あなた?」ミドリは大きな溜息《ためいき》をついてから早口で話す。「友太が大変だったのよ。今、病院です……。野村病院。あの、私、お金をあまり持っていないの……。あなた?」

気がつくと、受話器からは相手の微《かす》かな息遣いだけが聞こえていた。

「あの……」ミドリがそう言いかけたとき、電話は突然切れてしまった。

きっと番号を間違えたのだろう、と思った。ミドリは自宅のナンバをもう一度慎重に押し直す。しかし今度は、何度ベルが鳴っても電話はつながらなかった。

病院の受付に事情を話し、ミドリは一旦自宅に戻ることにした。

帰ってみると、家には誰もいない。

かけてきたはずの玄関の鍵は開いている。そして、電話台の上に、十万円の現金が置いてあった。

ミドリは多少不思議に思ったが、その金をバッグに仕舞い、病院に急いで戻った。

きっと、夫は朝から急ぎの仕事が入ったのだろう。自分が早く連絡しなかったことに腹を立てているのかもしれない。それで口をきかなかったのだろうか。その程度のことしか、ミドリは考えなかった。

息子の容態がしだいに安定し、もう安心だと医師から言われた頃には、ミドリは疲れ果てていた。

昼過ぎのこと。

病院の通路の固いベンチで、ミドリは座ったまま眠ってしまった。彼女は、肩を叩かれて目を覚ます。

髪の毛を油で固めた背広の中年男が、彼女の前に立っていた。

「水木ミドリさんですね？」男は低い威圧感のある声で言った。

「はい」ミドリは、ゆっくりと立ち上がる。

男は黒い手帳を見せた。それが、何なのか、ミドリには最初よくわからなかった。

「ちょっと、お話を伺いたいのです」

「あの……、何か？」

「ご主人、昨日は戻られましたか？」

「あ、いえ、私、子供をここへ……」ミドリは唾を飲み込んだ。「あの、主人が……、どうかしたんですか？」

「今朝、奥さんは、ご自宅に戻られたそうですね？」

「ええ、お金を取りにいきました」そう答えてから、十万円の現金が急に気になった。「私、慌てて出てきましたので、お財布を忘れてきてしまって……」

「ご主人は？」

ミドリは首を傾《かし》げる。

「そのとき、ご主人はいらっしゃいましたか？」

「いえ、おりませんでした。もう出かけたのかもしれません」

「昨夜も今朝も、電話をなさらなかったんですか？」

「はい、しておりません」ミドリは嘘をついた。何となく本能的に、そうした方が良いと思えたのである。「あの、どうしたのですか？　いったい……」

「いえ……、もう結構です」男はにっこりと微笑んだ。

顔は笑っているのに、男の目だけが、ミドリをじっと見据《みす》えていた。それだけで、彼女はもう何も言えなくなってしまったのである。

その男は教えてくれなかった。

だから、全部、あとからわかったことだ。

警察は、友則を重要参考人として探していた。友太が病気になった晩、同じ町内の寺の住職、村上武司《たけし》が殺害されたのである。六十過ぎの住職は、ナイフのようなもので胸を刺されていたという。現金が十数万円なくなっており、強盗殺人事件として捜査が行われていた。現場には、犯人のものと思われる指紋が幾つか残っていた。それは、ミドリの家で採取された友則のものと一致した。そのことを数日後に警察から聞かされたとき、ミドリはもう驚かなかった。

彼女は、十万円のことを黙っていた。

ずっと、黙っている。

4

それ以来、友則は戻ってこない。

ミドリの夫は、その冬の夜、失踪したのである。

友則の親友だった村上和史は、殺された住職、村上武司の長男である。彼が若くして寺を継いだのは、この事件のためであった。

それからというもの、新しい住職とミドリの関係は、実に複雑なものとなった。指名手配されている夫は、彼の父親を殺した犯人である、と世間では認識されている。

小さな町では、その話はたちまち広まった。そんな環境で、この五年間、ミドリと友太は暮らしてきたのである。周囲からの視線、周りの囁き声《ささやごえ》、それらの一切を遮断《しゃだん》する努力が彼女には必要だった。それはどんな仕事より辛いものだった。しかし、堪《こら》える以外に方法はない。泣いている暇はなかったし、弱音を吐こうにも、聞いてくれる相手がいなかった。多少慣れた頃には、まるで禅の修行のようにも感じられた。

いや、実際に、「禅の修行」だと思えば良い、と言ったのは、若い住職、村上和史だった。夫がいなくなって一年ほど経った頃、住職は、ミドリの自宅を訪ねてきた。彼の姿を見たとき、ミドリは本当に驚いた。しかし、彼女の困惑をよそに、袈裟《けさ》姿の村上和史は、玄関で清々《すがすが》しく微笑んだ。

「こんばんは。いや、ちょっとこの近くまで来たものですから……。いえ、それは嘘かな。本当は、ずっと、水木君の奥さんをお訪ねしようと思っていたんですよ。それが、なかなかできなくて……。やっと、こうして決心をして参りました。ちょっと、よろしいでしょうか？」

ちょうど仕事を終え、託児所から友太を連れて帰ってきたところだった。ミドリは、慌てて座布団を出した。

「いろいろと、ご迷惑をおかけしました。本当に申し訳ありません」ミドリは何を言って良いのかわからず、とりあえず頭を下げた。

「僕は、迷惑など受けておりません」住職は飄々《ひょうひょう》として答える。「はっきり言いまして、たまたま、うちの親父が強盗に殺された日と、水木君が家出をした日が、同じだったというだけでしょう。まあ、あまり、気になさらない方が良いです。僕も貴女も、時間は未来にしか残っていません」

「でも……、あの、主人の指紋が、現場に残っていたと……、警察の方がおっしゃっていました。もう、断定されていることのようです。主人も、何もないのに、私に黙って出ていくはずがありません。あの、私……」

「ああ、それそれ」住職は片手を広げて微笑んだ。「だって、僕の家には、しょっちゅう水木君が遊びにきていたんですから、指紋があってもおかしくはないでしょう？　あれはですね、警察の早とちりなんですよ、奥さん……。僕がちゃんと説明しましたから、そのことならご心配はありません」

「そうなんですか？」ミドリは微笑《ほほえ》もうとしたができなかった。「では、主人は……、殺人犯ではない、と？」

「最近、もう警察の人、来ないでしょう？　捜査は、別の方に向いているのか、それとも、もう諦めちゃったんですかね……。とにかく、ええ、どちらにしてもですね、奥さんが気になさることではないんです。僕はそれが言いたかった。そう、それを言うために、ここへ来たんです、今日は」

「はあ……」ミドリはぼんやりとして頷いた。

「本当、水木君とは、もう長いつき合いだったんですからね。何かお困りのことがあったら、いつでも遠慮なく、何でも、ご相談下さい」

「はい、ありがとうございます」

そのときは、それだけ話して、住職は帰っていった。

この五年間、困ったことといえば一つしかなかった。金がなかったのだ。しかし、ミドリは、実家にさえ、金を借りにいったことは一度もない。昼間は、隣町の印刷会社で働き、友太を寝かしつけてから、夜も自転車で働きに出た。住宅のローンを除けば、幸い、夫の蓄えた僅かな貯金もあった。昨年、友太を小学校に入学させたときには、何か大きな峠を越えたような気持ちになったものである。

印刷会社では、最初は、製本や断裁、それに機械を回すだけの単純労働であったが、この頃では、ちょっとした図案を考えるような仕事も任されるようになっていた。初めに比べれば給料もずいぶん沢山もらえる。それに、会社は静岡に支店を出すことになり、ミドリはさらに待遇の良い仕事につけることになったのである。

五年まえの事件や、夫の失踪についても、もう遠い昔のことと思えるようになっていた。ミドリはこの町が嫌いではない。もちろん、新しい場所で、息子と二人で生きていくことは、生まれてからこの土地を離れたことのない彼女にとって最大級の冒険だった。

だが、この五年間で、ミドリは成長していた。あかの他人と平気で口をきいたり、躊躇《ためらい》なく電話に出たり、そんな些細《ささい》なことでさえも、彼女は自分が変わったと感じずにはいられない。ずっと、誰かに守られてきた人生から、一転して、彼女は、自分を、そして息子を守る側に立たされたのだ。自分はずいぶん強くなったと思う。そして、そのことに対する充実感もあった。

この町を離れることは、すべてを綺麗に清算できる絶好のチャンスに思えた。新しい人生が、その先に待っているようにさえ、思えたのである。

しかし、いったい何を清算するというのか。

もちろん、気がかりなことは、夫の所在だった。どこで、何をしているのか、何故、突然蒸発してしまったのか。もしかしたら、やはり、夫は殺人犯なのか……。そのことだけが、ミドリの心の片隅で、最近まで、燻《くす》ぶっていた。

もし、突然、夫が帰ってきたら、自分はどうするだろう。

初めの頃は、それを心から願っていた。友則が帰ってきたら、彼女はきっと抱きついて泣いたに違いない。

けれど、今はわからない。

いや、もう泣いたりはしないだろう。

ミドリは既に自立している。

ときどき、このまま、夫が帰ってこなければ良い、とさえ思うようになった。そんな感情に、自分でも少なからず抵抗したが、不思議なもので、一度、考えてしまうと、思いついたことに、心は急速に染まってしまうのである。

このままの方が良い。

自分でも信じられなかったが……。

このままの方が良かった。

おそらく、その変化は、職場で出会った男性に関係していた。デザイン部にいる、ミドリより二つ歳下の松下《まつした》という男だった。彼が、仕事の面でずいぶんミドリを引き立ててくれたのである。仕事が楽しくなったのも、彼のおかげだった。

その松下も、今回の異動で静岡に行く。正直にいえば、静岡の転勤の話を承諾したのは、それが一つの理由であった。

もう一つは……。

確かに、もう一つだけ理由がある。

5

蟬の声。

風鈴がりんと鳴る。

少し風が出てきたようだ。中庭で小枝の葉が動いていた。

「お子さんも大きくなられたでしょう?」住職は煙草を吸いながらミドリにきいた。

「ええ、お蔭様で……」

「もう、十年もしたら、彼も出ていってしまいますよ」住職は微笑んだ。「そうしたら、また独りです。それから、奥さんは、どうされます?」

「さあ……」ミドリは首を傾げて庭を見る。「あの子がいなくなったら、どうなるんでしょう……。そんなさきのこと、私、考えたこともありません。でも、そうですね。いつかは、独りで生きていかなくてはなりませんわね」

「再婚されるおつもりは、ないのですか?」

「ええ、今のところ」ミドリは住職を一瞥《いちべつ》して答えた。

「そうですか……」住職は、煙草を灰皿に押しつけながら言う。「まあ、人は誰でも独りです。一生、独りで生きていくわけです。でも、言葉ではわかっていても、なかなかね……」

「村上さんこそ、結婚なさらないのですか？」

「はは、そうですね。相手がいません」住職は明るく笑った。「確かにそう……、一人だけで良いから、誰か他の人に、自分の生きているところを見ていてもらいたい、と思うことはありますよ。独りで生きていて、一番困るのは、そんなときです。夫婦や、親子、誰でも良い。すべて同じです。誰もが、自分がこうして生きているところを、自分のすぐ近くで誰かに見守っていてほしい。そう思うものです。別に大した生き方をしているわけじゃありませんけどね。まあ、それはたぶん、人間だけにある弱さってやつでしょうね。僕のような立場では、本当は、こんな話をしてはいけないんですよ。ちゃんと、お釈迦様がご覧になっているって、そう言わなくちゃあね」

「神様や仏様は、私たちをご覧になっているんでしょうか？」ミドリはきいてみた。

「我々が、見られていると思っている瞬間はご覧になっています」住職は答えた。「貴女の目を通して」彼はそこで鼻息をもらした。「ふ、なかなか優等生の答でした」

「私は、そんなこと、考える暇もありませんでした」ミドリは初めて少し微笑んだ気がした。「もう毎日が目が回るほど忙しくて、生きていくために、ただただ働いて、疲れて……、眠って、の繰返し……」

「それは、とても幸せなことではないでしょうか？」

「そうかもしれません。特に、眠っているときだけは、自分の時間だと思いましたわ。夢を見て、そして忘れて……。目覚めると、また仕事です。毎日、眠って夢を見るために働いているようでした。このまま、歳をとって、いつかは死んでしまう。それなのに、何故、こんなに働かなくてはいけないんでしょう?」

「今も、そう思っていますか?」

「ええ、そう……」ミドリは、職場のことを少し考えた。「いいえ、お仕事は、最近は楽しいと思えるようになりましたわ……。何というんでしょう、少しは余裕が出てきたのかしら、ええ、なんとか」

「それは結構ですね……、良かったじゃないですか」住職は微笑む。「まあ、こんな表現をしたら失礼かもしれないけど、そんな些細な幸せのために生きているんでしょうね、我々はみんな」

「幸せでしょうか?」

「たぶん」住職は新しい煙草に火をつけながら頷いた。「僕も、こうして今、奥さんと話をしているのが、小さな楽しみ、幸せですよ。こんなことだけが、毎日毎日の我々の生きる目的なんでしょう、きっとね」

「あの、実は……」ミドリは決心して話を始めた。「主人のことなんですが……、こちらに本当に連絡はなかったでしょうか? 村上さんのところなら、何か連絡をしてきても良さそうなものだと思ったものですから……。あの、主人本人でなくても、どなたか主人のことで……」

「はい」住職は真面目な表情を作って頷いた。「いや、ちょっと、待って下さい。もう一杯、お茶を持ってきましょう。ああ、そうそう、奥さんからいただいたお菓子も出してきましょうね。ちょっと失礼……」

住職は、立ち上がって、廊下へ消えた。

6

「実は、水木君から電話がありました」部屋に戻ってくると、住職は座りながら話した。「奥さんには黙っていてくれと頼まれました。もう四年もまえになりますか……。どこから電話をかけてきたのかわかりませんが、とにかく、彼はどこかで生きています。覚えておいでですか？　以前に、僕が、奥さんの家に行ったことがあったでしょう？　あのときがそうだったんです。水木君からの電話があったものですから、僕としても気になりまして……、どうしても、奥さんとお子さんの顔を見にいきたくなったんです」

「どうして、主人は帰ってこないんでしょうか？」ミドリはきいた。

「わかりませんが、その、つまり、別の生活をしているということでしょうね……。彼なりに、何かのっぴきならない事情があったんだと思います。彼のことを恨んでいますか？」

「いいえ、もう……」ミドリは首をふった。その迷いは既にない。

「でも、あのときは、僕も話せなかったし、きっと、奥さんだって、聞きたくなかったでしょう？」

「ええ、たぶん……、そんなお話、冷静には聞けなかった、でしょうね」

「時間というものは、そういうものです。汚れたものも、自然に浄化される。綺麗にさえなるんです。海へ流れる水みたいなものです」

「あの、事件のことは？」ミドリは質問した。「主人は、村上さんのお父様の事件については、何か言っていませんでしたか？」

「言いましたよ……」住職はゆっくりと頷いた。

「何と？」

「水木君は、関係ない。自分は殺してない、と言いました」住職は、無表情でそう言うと、ちらりと中庭に視線を移した。

また風鈴が鳴った。

「水木君が僕に電話をかけてきた理由は、本当のところ、よくわかりません。僕に謝罪するためだったかもしれない。いや……、彼は、もちろん、貴女に謝罪したかったんだと思います」

「謝罪？」ミドリは住職を見つめる。

「それに比べて、今の僕は、逆に、あの事件には感謝しなくてはならないくらいですよ」住職は少し笑ったように見えた。「あの頃の僕は、いい歳をして、ぶらぶらしていました。でも、あんなことがあって、僕の人生も変わりました。それに親父が亡くなって、ほら、このとおり無理やり落ち着いたというわけです」

「そんな……」

「はは、つまり、五年も経つとですね、こういうものの言い方まで、できるようになるわけです。まったく、僕も大人になりました」

「あの、警察には？」ミドリは、新しい麦茶には手を出さなかった。「その、主人からの電話のことは、警察におっしゃったんですか？」

「いいえ、言いませんよ」住職は、麦茶を飲みながら言う。「水木君は僕の親友です。小さな頃から、僕らは何でも一緒だった。出席番号もいつも彼は僕のすぐ前だった。ずっと、一緒に遊んでいたんですよ。たとえ……、たとえですよ、彼が僕の親父を殺したとしてもですね、僕は、彼を恨んだりはしなかったでしょうね。それに、あの頃には、警察だって、もう事件のことには関心がないみたいだったでしょう？　だからもう放っておこうと思ったんです。何でも忘れてしまうんですよね、綺麗さっぱり。人間ってそういう生きものなんですから」

「そうでしょうか？」

7

ミドリは住職と並んで境内を歩いた。小さな犬を散歩させている老婆が一人いるだけで、近くに友太の姿は見えない。

「あの、思い切って告白しますが……」住職は、突然立ち止まって言った。「いえ、奥さんにも、もうお会いできないかもしれないって、そう思うと、今、言わなくてはと急に思いましてね」

「何でしょうか?」ミドリも立ち止まる。

「あの、僕と結婚していただけないでしょうか?」住職は青年のような表情で言った。「水木君が貴女とつき合っている頃からなんですよ。僕は、貴女に憧れていました。ずっと、そうだったんです。いや、お恥ずかしい話ですが……、本当、今だから言えるんですね。うん……、今、言わないと、どうも後悔しそうなんです。あの、引越をされるというときに、こんな非常識……、どうかお許し下さい。まあ、聞いていただけるだけで良いんですよ。何もおっしゃらないで下さい。あの家も売ることはありません。なんなら、僕が買いましょう。二千万でも結構ですよ……。幸い、それくらいなら、なんとか出せそうです」

彼女は驚いて、一歩後ろに下がった。

「あの……、私……」ミドリは頭の中が真っ白になる。

「いえいえ、本当に、お返事は、いつでも良いのです。そうですね、また、この次ということで……」住職は頭を掻いた。「そうすれば、ええ、少なくとも、もう一度は、お会いできるでしょうから」

「ええ」ミドリは微笑んだ。

8

静岡に引っ越してからの、ミドリと友太の新しい生活は散々だった。

デザイン部の松下は、転勤してすぐに結婚した。ミドリはまったく知らなかったが、それは、ずいぶんまえから決まっていた話のようだった。そんなことで、酷《ひど》く動揺した自分がとても情けなく、腹立たしかった。

彼女は、仕事に精を出したが、新しい職場では摩擦も衝突も多く、どことなく馴染めない冷たい都会の環境や人間関係が、彼女を少しずつ衰弱させた。友太も転校先の新しい小学校で苛《いじ》められ、泣いて帰ってくることが多い。仕事の都合で、ミドリは友太の授業参観にも出席してやれなかった。

一ヵ月もした頃には、彼女は、真剣に後悔し始めていた。

ある日曜日、ミドリは早起きをして弁当を作り、友太を連れて電車に乗り故郷へ帰った。久しぶりとはいえ、たったの一ヵ月余りのことである。だが、稲刈りの終わった一面の景色は懐かしく、空気の匂いまでも心地良いものだった。

彼女の家はまだそのままである。友太は、近所の子供たちと久しぶりに会って大喜びだった。

友太に弁当を持たせ、近所の家にあずけてから、ミドリは一人で寺に向かった。コーヒーの入った小さな魔法瓶と一人分余分に作ってきた弁当を持って、彼女は懐かしい道を歩いた。

寺の境内に入ると、門からすぐの石畳の木陰で、住職は車を洗っていた。トレーナにジーパンを穿いて、ずいぶん若々しく見えた。

「やあ！　水木さん」住職はホースを下に置いて、駆け寄ってきた。「嬉しいなあ……、いつこちらへ？」

「こんにちは」ミドリはお辞儀をして微笑む。「今朝、電車で……」

「あ、ちょっと、待ってて下さい」住職は奥へ走っていき、水道を止めると戻ってきた。

「友太君は？」

「ええ、ご近所のお友達のところです」

「どうですか？　向こうでは、うまくいっていますか？」

「ええ、なんとか……」

「ああ、それは良かった。安心しました」

二人は、少し歩いた。

銀杏《いちょう》の大木が色づき始めている。本堂を大きく迂回《うかい》し、裏の林の方へ足が向いた。

住職は歩きながら煙草に火をつける。

「あの、村上さん」ミドリは話を切りだした。

「はい？」住職は立ち止まり、にこにこしながらミドリを見る。「いいですよ。ずばりおっしゃって下さい……。覚悟はできているんです。心の準備はもう万全ですよ。こう見えても、僕はこの寺の住職なんですからね」

「あの、私、考えたんですけど……」ミドリはゆっくりと言った。

「結婚の話ですね？　駄目ですよね……、やっぱり」

「いいえ、お願いしようと思いましたの」

「え？」

「結婚していただきたいと思います」ミドリははっきりと言った。

住職は、真剣な顔になり、煙草を口から離した。

「い、いやあ……、驚いたな……。それ、本当ですか？」

「ご冗談でおっしゃったのですか？」

「あ、いえ、まさか、そんな、とんでもない」住職は両手を広げ、慌てて言った。そして、満面に笑みを浮かべる。「冗談であんなこと言えませんよ。いえ、ありがとうございます。そうですか……、いや、ありがとうございます。奥さん……、いえ、ミドリさん、僕は、嬉しいです」

「よろしくお願いいたします」ミドリは頭を下げた。

「あ、いえいえ、こちらこそ」住職は姿勢を正して答える。

「あの、私、お弁当を作ってきましたの」

それから、また二人は黙って歩いた。

空は高く、透き通った空気は、遠くの山々をくっきりと見せてくれる。気持ちの良い風が、ミドリの髪を優しく揺らした。

彼女は幸せだと思った。

9

一面の田園が見渡せる丘の上まで来たとき、住職は煙草を取り出しながらきいた。

「どうしてでしょう？　何故、僕と結婚しようと思われたんです？　あの、よかったら、教えてもらえませんか」

「そのまえに、村上さんこそ、何故、私に結婚しようなんておっしゃったんですか？」ミドリは、紙袋から弁当を出して、草の上に座った。

「うーん」住職は微笑んだ。「このまえ」「いや、僕は初めから、ミドリさんが好きだった……。そう言いませんでしたっけ？　このまえ」

「おっしゃったわ」ミドリは頷く。

「それだけでは、理由として不足ですか？」

「でも……」

「でも……、何です？」

「村上さん、ずっと、主人のことを私に黙っていて下さった。そのことが、考えてみたら、私には本当に良かったと思いました。私、ずっと主人が殺人犯だと思っていましたから、それで今まで、なんとかがんばってこられたんです」

「なるほど」

「電話があって、主人がどこかで生きている。しかも、事件の犯人ではない。そんな話を、もし、あのとき聞いていたら、どうなっていたでしょう。主人は人殺しだ、もう絶対に戻ってこない。そう思ったからこそ、吹っ切れたんです。だから……」

「もう、その話はやめましょう」

「私のことで、村上さん、時間をかけられましたね？」

「はあ、そうですね」

「貴方はいい方です」ミドリはコーヒーを紙コップに注ぎながら言った。「私と友太のことを本当に心配して下さって……。どうぞ、これ、召し上がって」

「ありがとう。いただきます」

住職はミドリの隣に座って、コーヒーを受け取る。

「ミドリさん、貴女もいい方だ……。そう、僕を強請ゆすることだってできたはずなのに……」

「何を、おっしゃっているの?」

「ミドリさん、ご存じなんでしょう?」住職は煙草を吸いながら普段の表情で淡々と言った。「あの家は、とても二千万では売れません」

「村上さんは? 二千万で買っていただけますよ」

「もちろん、買います」村上はにっこりと微笑んだ。「あそこで一緒に暮らしましょう……。静岡の仕事は、辞められてはどうですか? 働く必要はもうありません」

「そうですね。ええ、実はもう仕事はどちらでもいいんです。村上さんは? お寺は?」

「僕は毎日あそこから、寺に出勤しますよ」村上は笑いながらコーヒーを飲む。

「どうして、私が知っていると、気がつかれたの?」ミドリはきいた。

「貴女は、あの日、僕を試しにこられた」

「いいえ、そんなつもりはありませんでした」

「ミドリさんが静岡に引っ越されてから、僕は、貴女の家に忍び込んだんですよ、貴女、縁の下を見たんですね？」

「大掃除をしているときです」ミドリは風景を眺めながら言った。「畳を上げたら、板の釘が抜かれていました。それで、私、それを外して、縁の下を覗いたんです。土が少し盛り上がっていました」

「あそこを掘り返されたんですか？」

「いいえ、まさか、そこまでは」ミドリはちらりと住職を見て、微笑みながらゆっくりと首を横にふる。「でも、もちろん、わかりました」

「何がわかったんですか？」

「主人があそこに埋められていることです。村上さん、貴方が主人を殺して、あの家の縁の下に埋めたんですね？」

　住職は頷いた。

　ミドリは、小さな溜息をつく。

「そのとおりです」住職は深呼吸をしてから、もう一度頷いた。「病院から、貴女は電話をかけてきましたね。あれに出たのは僕です。ちょうど作業がすべて終わったところでした。ベルがうるさかったので、つい受話器を取ったんです。本当にどうかしていた……」

「あの、病院からの私の電話で、貴方は、お金を、十万円を、置いていかれたのね?」

「まあ、そうですね」

「私があの晩いたら……、もし病院から戻ってきたら、どうするおつもりでしたの?」

「わかりません。貴女も、殺していたかもしれない」

「友太も?」

「わかりません……、もう勘弁して下さい」

二人は黙って、弁当を食べた。

何年ぶりであろう。こんなにのんびりとした食事は……、とミドリは思った。思っていたよりも、自分は冷静だったし、そして、驚いたことに、何とも清々しい気分だった。

「村上さんのお父様を殺したのは? ひょっとして、あれも貴方なの?」

「いえ、それは違います」村上は首をふった。「もし僕だったら、今頃とっくに捕まっていますよ。日本の警察は優秀ですからね。あれは、誰だか知りませんが、通りすがりの強盗だったのでしょう。でも、親父がもう一日早く死んでいれば、僕は、水木君を殺したりしていなかったでしょう。原因は、本当につまらない、馬鹿みたいな、ちょっとした、お金のトラブルだったんです。友人どうしの貸し借りのトラブルなんです。あんな喧嘩をしてしまって……」

「それにしては、村上さん、あのとき、何故あんな大金を置いていかれたの？」

「僕は、貴女が好きだった。貴女のためなら何でもできたんですよ……。ええ、あの十万円は、あのとき僕が持っていた全部でした」

「貴方の指紋がついていたのかしら？」

「もちろん、その覚悟はできていました」

住職は弁当を食べ終わると煙草に火をつけた。

「このまえ、僕が、水木君から電話があったなんて嘘をついたとき、貴女は黙っていた。知っていたのに、僕を見逃してくれましたね。僕は、あとから不安になって、貴女の家に忍び込んだ。畳の下を見て、貴女がそこを見たことを確かめました。貴女はすべて知っていたんだ。それなのに、僕の嘘を見逃してくれた。何故ですか？」

「時間が経ったから？」ミドリは首を傾げる。「どんなに汚いものも、時間が綺麗にしてくれるって、村上さんがおっしゃったでしょう？」

「ええ、しかし、僕があの嘘をついたことで、貴女は確信したはずです」

「でも、村上さん、あのときは、私を励まそうとして、あんな話をなさったんでしょう？」

「ええ、まあ……」

「私、静岡に引っ越そうと思ったとき、あの家を売りに出してみたくなったの。誰が二千万で買うのか、確かめてみたかった……。主人の死体を埋めた人なら、少々高くても買うかもしれないって、勝手に考えたんです。可笑《おか》しいかしら？　今頃になって、変でしょう？」

「悠長な話ですね」

「あの日も、私、貴方を疑っていたわけではないんです。本当にご挨拶にきただけ……。主人から電話があったというお話も、そのときはただの作り話だと思いましたわ。でも……、帰り際に、貴方が二千万で私の家を買ってもいいっておっしゃったとき、本当にびっくりしました」

「じゃあ、やっぱり、僕のプロポーズに驚いたわけじゃなかったんですね？」

「はい」ミドリは微笑んだ。

「僕は貴女の罠《わな》にかかったんですね？　そんな男が、結婚してくれって言ったんですから、お笑いですね」

「ええ、可笑しかったわ……。私、帰ってから、本当に大笑いしましたもの」

「笑いましたか……」

「涙が止まらないくらい……。この五年間に、あんなに笑ったことなかった。あんなに泣いたこともなかったわ」

「僕のこの五年間は、ずっと貴女に見られているという意識に支配されていた。僕も、本当に笑ったことはありません」

「修行をされましたね」

「ミドリさん」住職は煙草を捨てながら微笑んだ。「このコーヒーと弁当、毒が入っているんでしょう？」

「覚悟の上で食べられたのね？　貴方、いい方だわ」

「やっぱりそうですか？」

「いいえ」ミドリは小首を傾げ、微笑んだ。「私、貴方と結婚しようと思っているんですもの……。村上さんも、こんなところまで私を連れてきて、殺すおつもりだったんじゃないの？」

「まさか……。もう、許していただけませんか」

「そうね、お釈迦様がご覧になっているかもしれませんものね」

「ええ、ご覧になっています。僕は、許してもらえるでしょうか？」

「誰が許すのかしら？」

「貴女です」

広い田園の畔道《あぜみち》を走っていく小さなトラックが見える。投げ出したミドリの足に、風で飛んできた木の葉が止まった。

彼を許した私を、許すのは誰だろう、とミドリは思う。

見上げると、高い空しかない。

住職は、合掌し黙禱《もくとう》した。

ミドリもそれを真似る。

一切が空。

純白の女

The Lilies of Her Cheeks

1

今こそ魔法の時代。
もし魔法というものが本当にあるのなら、
今がそう。
それが恐い。
私はそれから逃げ出してきた。

緩《ゆる》やかに起伏した大地。
ぱらぱらと振りかけて飾りつけたように、
重さのない軟らかそうな一面の草花が、
それを覆《おお》う。

高山植物は下界の季節を知らない。
私もきっと、そうなるのだろう。

白いペンキ塗りの駅舎。
軋《きし》むような、弾《はず》むような、足取り。
遮《さえぎ》られるもののない陽射しが、私の背中を押す。
くっきりとした影が地面にこぼれ落ちる。
大きなトランクを両手で持ち、
舗装されていない道の反対側に渡ったところ。
ネクタイをした若い男が近づいてきた。

「功力《くぬぎ》ユリカさんですね？」

「はい」

「お待ちしていました」

「貴方は？」

「私は、吉野《よしの》といいます。電話でお話ししましたね」

「こんにちは、吉野さん。お若いのね」

「あの、功力さん、お一人でいらっしゃったのですか？」


吉野は、駅の建物の方を見ている。

きっと、連れがいると思ったのだろう。

無理もない。

「ええ、私、一人ですわ」

「そうですか……」

吉野は少し驚いた表情。

けれど、すぐにそれを遮蔽《しゃへい》した。

私は気がついたけれど。

「いえ、珍しいものですから」

「何がですの?」

「お一人で、ここへ来られる方は……」

「ああ、ええ、そうでしょうね」

私は微笑む。

本当は一人ではなかったけれど……。

余計な心配をかけたくない。

「荷物を持ちましょう」
「ありがとう。お願いします」

吉野は私のトランクを軽々と片手で持つ。
彼は大股で歩きだした。
私はハンドバッグだけを持って、
後からついていく。

駅前には古いポスタの貼られた売店が一軒。
他に建物はない。
線路に沿って、ペンキの剝《は》げかけた木の柵が、
酔っ払ったみたいに波打って続いていたけれど、
電信柱も高い樹も、
澄ましてぴんと立っているだけ。
誰も見向きもしない。

土地は昼寝しているお腹みたいに傾斜している。
だから、鉄道の線路の向こう側は、ずっと低い。
さらに下の方には、
白い幹の樹々が疎《まば》らに立ち並び、
流れ溜まったように、
ぼんやりと霧が集まっている。

反対側は、山頂を望む一面の花畑。
黄色と白の小さな花が、風に細かく揺れている。
どうして風に服従を示すのだろう?

私は、白いカーディガンを着ていた。
高度のためか、ここは少し寒いくらい。
麓《ふもと》で列車に乗ったときよりも、ずっと涼しい。
花畑の中をジグザグに上っていく小径《こみち》。
私たち二人は約束したみたいに黙って、歩いた。

ときどき、吉野は立ち止まり、遅れそうになる私を振り向いて待ってくれる。彼は素敵な青年だ。

「とても、綺麗な空気だわ」

私は両手を水平に広げ、

「ああ、本当に、お花も綺麗だし」

くるりと一度回った。

「静かだし……。来て良かった」

「ええ、ゆっくりされると良いと思います」

「さっきの駅には……？」

「え？」

「一日にどれくらい列車が停まるの？」

「あの一つですよ」

吉野は振り返り、白い歯を見せる。

「平日は、午後三時に一度だけ」

「まあ、じゃあ、あの列車だけ？」

「あの列車だけですよ。つまり今日は……」

「私だけ？」

「ええ、貴女一人のために停まったんです」

「まあ、凄《すご》い」

私はわざと肩を竦《すく》める。

でも、言わなかったけれど、
本当は私一人じゃない。

もう一人いるの。

2

あなた
私はたった今ここに着きました。
とてもいいところ。
外は少し涼しいけれど、空気は綺麗。

それに、窓から外を見ると、一面のお花畑。
飛び込んでしまいたいくらいです。
お部屋もとても気に入りました。
テレビもラジオもありませんけれど、
そんなもの、ここにはいりません。
着いたときすぐに、図書館のことをききました。
明日は図書館へ行くことに決めています。
ここで、毎日、窓を開けて、本を読みます。
静かに一日中、本を読むの。
そちらはどうかしら。
お躰に気をつけて下さいね。
私のことは心配しないで、大丈夫です。
本当に、ご心配なく。
お約束のとおり、毎日お手紙を書きます。

ユリカ

夕食は、一階の食堂だった。
小綺麗な広い部屋に、幾人かの人たちがいた。
皆、とても静かに食事をしている。
吉野の話では、食堂に来る人は少なく、
多くは、自分の部屋で食事をしているという。

食堂の暗い雰囲気が少し気に入らなかった。
知らない者どうしでも、少しくらい、
おしゃべりをすれば良いのに。

食事を終え、部屋に戻る途中。
階段の踊り場で、初老の紳士が声をかけてきた。

「功力さん」
「はい」

紳士はゆっくりと階段を上ってくる。

上品な身なりの長身の男。

口髭を蓄え、火のついていないパイプ。

軽そうに片手で持っている。

「星川《ほしかわ》です」

「まあ、では……」

私は少し驚いた。

だって、星川教授はもっと老人だと思っていた。

目の前の紳士は、とても若々しい。

「よろしくお願いします。星川先生」

「お部屋はいかがですか？」

星川教授は歯切れの良い低い声。

「ええ、気に入っていますわ。ただ……」

「何か不都合が？」

「ええ、少しライトが暗いのではと」

「ああ、そうですね。少し暗いかもしれません」

「どうして、あんなに暗いのでしょう？」

「夜は、本などを読まない方が良いからです」

「私、お手紙を書きたいのです」

「ほう、手紙ですか」

「本なら、ベッドサイドのライトで充分ですけど」

「ベッドでは字が書けないわけですね？」

「ええ、あそこでは字が書けません」

「えっと、功力さんのお部屋は？　どちらでしたか？」

「二階の五号室です」

「ああ、それなら、私の部屋のすぐそばだ」

星川教授は階段を上り始める。

私もそれにそっと従った。

「ちょっと私の部屋にいらっしゃいませんか？」

「はい、ありがとうございます」

二階の廊下の突き当たりが、星川教授の部屋。
私の部屋の三つ奥で、とても近い。
大きなどっしりとしたドアを、
教授は鍵を取り出して開ける。
私をさきに招き入れた。

部屋は、天井が高い。
気品で作られた家具が大人しい。
ヴィクトリア風のデスクにチェア。
とてもシックなソファア。
それに絨毯もセクシィだった。

奥の部屋で用意をした紅茶を運んで、
星川教授が戻ってくるまでの間、
私は家具みたいに大人しくして、
ソファにちゃんと腰掛けて、
立派な調度品たちの一つ一つを順番に眺め、

それぞれに素敵な名前をつけてあげた。


「おききしませんでしたが……」

「はい？」

「紅茶でよろしかったですか？」

「ええ、大好きです」

「私もですよ」

教授はカップをテーブルに置いて座った。

「とても、素敵なお部屋ですわ。先生」

「よろしければ、いつでもいらっしゃって下さい」

「はい」

「夜でしたら、私のデスクをお使いになっても構いませんよ。ここなら明るいでしょう？」

「ええ、手紙を書くのにぴったりです」

「どなたに手紙を書かれるのですか？」

「主人ですわ」

「ああ、ご主人に」

「毎日書くって、私たち約束しましたの」

「なるほど、それは羨《うらや》ましい」


私は、少し誇らしく思う。

周りの家具たちも私を見ている。

良かった。誰も笑っていない。

私だって、ますます澄ましてソファに座った。


「ええ、是非、毎日お書きになって下さい。約束は守らなくてはいけません」

「でも、主人は私の手紙なんて、きっと読みません」

「まさか、そんなことはありませんよ」

「いいえ、あの人は読まないんです」

「どうして、そう思われるのですか?」


私は立派に微笑む。

いつだって、そうしてきた。


「あの人、可哀想に、字が読めないんです」

3

部屋のライトを消して、私はベッドに入った。
けれど、目を瞑《つむ》っても彼のことばかりが心配。
なかなか眠れなかった。
どこで、何を、しているのだろう。
外は寒いのではないか。

旅の疲れか、少しうとうととしたとき。
小さな音がした。
窓に小石が当たったような音。
僕が投げた石。
外はとても寒かった。
ユリカはベッドから急いで出る。

彼女はスリッパも履《は》かずに、窓まで駆け寄り、カーテンを開けた。
部屋は南向きだったから、建物の玄関のアプローチがすぐ下に見えた。正門を少し入ったところに、僕が立っている。

「ああ、やっぱり……」ユリカは呟《つぶや》く。
彼女は、窓を押し上げ、手を振った。
そして、人差し指を自分の口もとに当てて、静かにするように僕に伝える。
急いで、ベッドの上のカーディガンを肩にかけ、息を止めてドアをゆっくり開ける。
彼女は、廊下に出た。

もちろん、細心の注意が必要だ。
時刻はまだ十時を少しだけ回ったところ。
近くに誰もいないことを確かめる。

音を立てないように気をつけながら、
早足で階段まで急ぐ。
そっと一階のロビィまで下りた。

ロビィは既に暗くなっている。
受付にも人はいない。
今日の午後ここに到着したときに、
彼女の靴を、あの吉野が靴箱に入れた。
彼女はその場所を覚えている。
靴箱から自分の靴を取り出す。
玄関のドアは内側のロックを外すだけ。
簡単に外に出ることができる。

僕は彼女に駆け寄った。
彼女は僕を抱き止めた。

それは約束だから、何も言わずに。

僕ら二人は玄関に戻る。
ドアをもとどおりロックする。
手をつないで階段を上がって、
静かに廊下を部屋まで戻った。

自分の部屋のドアを閉めたとき、
ユリカは、やっと深呼吸をした。

「ああ、どきどきしたわ」

ユリカは真剣な顔をしている。

「やっぱり、貴方、あの列車に乗っていたのね?」

僕は黙っている。

「私についてきた。そうでしょう?」

「うん」

僕は頷く。

「今まで、ずっと、隠れていたんでしょう?」

「そう」

「そんな格好で、寒かったでしょうに」

「少しだけ」

僕は下を向き、目を擦《こす》った。

ユリカと僕は同じくらいの背丈だ。
彼女は僕をベッドまで連れていき、
そこに座らせた。

「私に会いにきちゃいけないの」

どうしてだろう？

「わかるでしょう？」

ユリカの声はとても優しい。

「今日は、しかたがありません」

今日は？

「もう帰れないんだから。でも……」

帰れない？

「明日の列車には乗って帰るのよ」

何故?

「お金は持っているの?」

僕は首をふる。

ユリカの両手が僕の頬に触れる。

「いつまでも、こんなことはできないのよ。わかってね……。貴方だって、もう大人なんだから」

僕はもう大人なんだろうか?

4

翌朝は、部屋に食事を運んでもらった。

太った女が押してきたワゴン。

なんて無愛想なワゴン。

その女が出ていってしまうまで、

私は我慢していたけれど、

本当に気分がとても悪かった。

「いいわよ。出ていらっしゃい」

私はバスルームを軽くノックする。

朝食は全部、少年に食べさせた。

私はお腹が空いていなかったし、

無邪気に食事をしている彼を、

眺めているだけで楽しかった。

「貴方がこんなところまで来たなんてこと、あの人が知ったら、どうなるかしら。もし見つかったら、きっと貴方、あの人に殺されてしまうわ」

朝の冷たい空気。

少しだけ開けられた窓から、

部屋の中に入り込んでくる。

足もとが少しだけ寒い。

私は立ち上がって、窓を閉めにいく。

外は濃い霧が大威張りで動かない。
遠くの山々はおろか、
すぐ近くの花畑も途中で消えていた。
午前中はいつもこんな憂鬱《ゆううつ》な天候なのかしら。
確かに、一人でずっとこんなところにいれば、
気分も滅入《めい》ってくるのに違いない。
せめて、陽気な音楽でも聴けたらいいのに。
それにしても、
少年のことをどうすれば良いかしら。
「そうだわ。星川先生に、ご相談してみよう」
ユリカは思いついて立ち上がる。
彼女は、ドアを開け、通路を見渡した。
誰もいないことを確かめ、僕の手を引いて、

急いで突き当たりの大きな扉まで歩いた。

ノックをして、しばらく待っている。

ドアが開いた。

「おはようございます、功力さん」

星川教授はユリカを見てにっこりと微笑む。

ユリカは僕を連れて、部屋の中に入った。

「あの……、この子は、私の友人なんです。名前は、きかないで下さい。それは言えませんの……。星川先生、どうか、このことは誰にもお話しにならないで下さい」

「あの……」

星川教授は目を見張って、僕を見る。

とても、こわばった表情。

無理もない。

「いったい、その、どういうことでしょうか？」

「この子、黙って私についてきてしまいましたの。いけないことだとはわかっていたのですが、昨日の夜、この子を私の部屋に泊めました。だって、外にいるのを放っておくわけにははいきませんでしょう?」

「あの、功力さん。どういった事情なのか、詳しく話してくれませんか。ええ、どうぞ、とにかく、そこにお掛け下さい」

「ありがとうございます、先生」

ユリカは僕と並んでソファに座る。

「私の主人のことは、先生もご存じですわね?」

「ええ、それは、聞いています」


ユリカの夫はかなり名の通った作家だ。

彼女より歳は十五も上。


「主人は、人を殺しました」

「はい、その事件も知っております」

星川教授は表情を変えず、静かに頷いた。

たぶん、必死に静かに頷いているのだろう。

「貴女がここに来られたのも、そのためですね。さぞや、お辛《つら》かったことでしょう」

「はい……」

ユリカは素直に認める。
「それ以来、主人には、なかなか会えませんの」
ユリカの夫がおかしくなったのは数年まえから。
筆が進まなくなり、
アルコールの量が日に日に増した。
ユリカは夫を宥《なだ》めようとした。
でも、それは今思うと、
逆効果だったのかもしれない。
一番辛かったのは、
ユリカが浮気をしていると罵《ののし》られたこと。
夫の誇大妄想はどんどん酷《ひど》くなって、
ついにあの事件が起きた。
「殺されたのは、確か、出版社の人でしたね？」
「ええ、主人の担当の、まだお若い方でした……。主人は、その人と私が、浮気をしていると、勝手に想像していたのです。私の目の前で、あの人は、彼を撃ったのです」

「即死だったそうですね？」

「はい……」

「だいたいの話は、私も聞いています」

教授は頷いてさきを促した。

「それで？」


「その殺された方の、弟さんなのです」

ユリカは隣の僕を見る。

「この子、両親が早くに亡くなっていまして、兄弟二人だけだったのです。私の主人のために、お兄さんがそんなことになってしまって、この子は一人になりました。私、せめてもの償《つぐな》いで、少しだけなんですが、お世話をしようと思いましたの」

「ああ、なるほど……」

星川教授は椅子にもたれて、軽そうなパイプを口にくわえた。

「何故、名前が言えないのですか？」

ユリカはまた僕を見た。

「いえ、それは、私にもわかりません」

僕にもわからない。

「この子が名前を言いませんので……」

教授も僕の方を見る。

僕はしかたがなくて、
下を向いたまま黙っていた。


「この子は人前ではものが言えないのです」

ユリカが説明してくれる。

「私と二人だけのときは、少しは話してくれるようになりましたけれど……」

「わかりました。もしよければ私が診察しましょう」

「え、診察？　といいますと？」

「ものが話せないのは、何かのショックが原因なのでしょう。少し、彼と二人だけにしていただけませんか。初めからは無理かもしれませんが、直接話をきいてみたいと思います」

「はい、わかりました」

私は立ち上がり、部屋を出た。

けれど、ドアを閉める振りをしただけ。

本当は、少しだけ開けたままにして、部屋の中を覗いていた。

星川教授は、しばらく黙って少年を見ていた。
パイプをテーブルに置くと、
それは、ころんと横に倒れてしまった。
自分で立っていられないなんて、おかしなパイプ。

教授は、両手を組み合わせて前屈みになる。

「何か、私に話してごらん？」

少年は首をふった。

「歳は？」

少年はまた首をふる。

「君は、功力ユリカさんが好きなんだね？」

僕はゆっくりと頷いた。

5

あなた
私は元気です。
お食事も美味しくいただいています。
お部屋の照明が少し暗いことを除けば、
何も不満はありません。
お手紙もこうして、
明るいうちに書いていますから大丈夫。
午前中はとても濃い霧が出ます。
それが、お昼を過ぎると嘘のように、
綺麗さっぱりと晴れてしまうのよ。
夜のうちに、誰かが霧を造っているのかしら。
毎晩、毎晩。
今日の午後は、散歩に出かけました。
もちろん、一人で。

丘を越えたところには池がありました。
水が緑色です。
大きな水溜りのようなの。
その池の向こうの傾斜地は墓地です。
もし、できたら、
お返事がいただきたいと思います。
短いお手紙でもいいわ。

ユリカ

池のほとりで草の上に腰を下ろして、
私は、少年の吹くハモニカを聴いていた。
それは、ゆっくりとした寂しいメロディ。
ああ、そう……、
駅に列車が来るのは何時だったかしら。
列車に、あの人が乗っていたらどうしよう。

この子と一緒にいるところを見られたら……、
大変なことになる。
あのときのように……。

ハモニカをポケットに仕舞うと、
少年は立ち上がり、
軽くて長い髪を風に揺らして、
私のすぐ横にしばらく立っていた。

彼は、池の向こうの墓地を見ている。

「あの、丘に眠る人たちは」

少年は朗読するように無表情。

そして淡々と囁《ささや》く。

「楽しく、瘦《や》せ衰えて、死のうとしたんだね？」

私はなるべく微笑んで頷く。

「ええ、きっと、そうね」

「神様に、少しずつ少しずつ、いただいた自分の命を、お返ししているんだね？」

少年の声はとても綺麗。

「ええ、そう、誰もがそうよ」


私は、少し寂しくなった。

少年は小石を拾い上げる。

池に向かってそれを投げる。

水に落ちる音。

広がりながら消えていく波紋。

消えながら広がっていく命。

少年の端正な横顔から私は目を逸《そ》らす。
日は山腹に隠れ、風は頬に冷たい。
目を細め、思いを巡らせば、
恍惚《こうこつ》とした身近な思いは、
山陰の日とともに影を薄くして、
漆黒《しっこく》の過去の甘い香りだけが、

暗い緑色の池面《いけも》に、
音を立てて、落ちたかのよう。

誰よりも、夢が速い。

自分の人生はそんな一瞬だったのではないか。

……と私は思った。

その日、少年は帰らなかった。
夕食も部屋に運ばせ、全部少年に食べさせた。
シャワーを浴びて、バスルームから出てくると、
彼はベッドで横になり、泣いていた。

「何が、そんなに悲しいの？」

私は優しくきく。

「わからない……」

少年は答える。

「でも、考えると悲しいことばかりだから」

少年は起き上がり、ベッドの端に座った。

私は彼に近づき、両手を差し伸べる。

少年の頰に接吻し、彼の涙を飲んだ。


「貴方が今、ひとめぐり考えたことは、たぶん、私の短い人生と同じなのよ」

私は泣かずに、それが言える。

「短い？」

「ええ、とても短いわ」

濡れた髪にタオルを当てる。
私はカーテンを少し開けにいく。
窓の外は光ひとつない暗闇。
ガラスに映った室内だけが見える。
暗いものは透過して、
明るいものだけが反射する。
「明日は、帰るのよ……」

6

深夜、私は目が覚めた。
涙で髪が濡れている。
あまりの悲しさに、目が覚めたのだろうか。
隣で、少年が眠っている。
静かな寝息。
私はそっと起き上がり、少年の髪に触れる。
流れ出る涙は、私の頬を伝《つた》い、
シーツに幾度も落ちた。

それから……、
私は、そっとベッドから下りて、
スリッパを履いた。
バスルームで顔を洗う。
しばらく、涙が止まらなかった。

何がそんなに悲しいのか、
自分では、よくわからない。
きっと、こうして、
少しずつ命を、
神様にお返しするのだろう。

昔のことを思い出そう。
優しかった頃の夫を、思い出そう。
けれど、目の前の鏡に映った自分の顔を見る。
それはできない。
もう、思い出せない。
もう、戻れない。

私は、もう一度顔を洗って、お化粧をした。
一番最後に、口紅を引く。
それ以外にどんな方法で、

涙を止められただろう。

何も考えずに、生きてみたい。
ただ欲しいものに手を差し出し、
差し伸べられた手にはしがみつく。
そんな我儘《わがまま》な人生をおくってみたい。
若い頃の私は、そうだったかもしれない。

今の夫は、二人目。
最初の結婚は失敗だった。
いや、今度だって、
こんなことになってしまったのだから、
やっぱり失敗だったのか。
二人の夫は、どちらも優しかった。
でも、それは、私が若かったから。
それは思い過ごしかしら。

世間は私のことを何と言っているだろう。

綺麗な服を着て、パーティに出かけた夜。
思い浮かべることのできる、どのパーティでも、
同じだった。
シャンデリアのある広間に入っていくと、
大勢の男女が私を注目する。
男はみんな優しかった。
今でも、変わりはない。
何も失っていない。
何も変わりはない。
でも、こんなに悲しいのは何故だろう。

何かを失ったのではない。
最初から何もなかった。
それに気がついただけ。
そう、最初からなかった。

何もなかった。

どうしても、涙が止まらない。
止まらない。
私は、バスルームを出て、
便箋とペンを持って、
もう一度バスルームに戻った。
そこが一番明るかった。
私は、手紙を書く。

あなた
愛するあなた。
木村さんのお宅のバーベキューパーティを、
覚えていらっしゃるかしら。
ほら、小さなマルチーズが二匹いて、
走り回っていたでしょう。

犬が嫌いなのは、あなただけでしたわ。
とても怖がっていらっしゃったでしょう。
あなたは火を熾す係で、
本当に大変そうでした。
なかなか炭に火がつかないの。
なんだかとても怒っていらっしゃった。
覚えておいででしょう。
私が犬を抱いていたからかしら。
でも、私、
ずっとあなたを見ていました。
バルコニィだった。
他の方がいらっしゃるところで、
あなたは私にキスをしたんです。
そんなこと、それ一度だけでしたね。
あの日は本当に嬉しかった。
ビンゴもしましたね。
本当に楽しかった。

あんな楽しいこと、これからもあるでしょうか。

ユリカ

ユリカは、そっとバスルームから出てきた。
窓際の椅子に置いてあるハンドバッグを、取りにいく。
そのバッグからマッチを取り出した。
それから、僕の眠っているベッドの横で、床に屈み込む。
そして、垂れ下がっていたシーツに、
ユリカは火をつけた。

7

二階の部屋からの出火を最初に発見したのは、吉野だった。
ドアを開け、廊下に常備されていた消火器を持って彼は飛び込んだ。建物中が大騒ぎになった。しかし、何人かの男たちが、すぐに応援に駆けつけ、なんとか火は消し止められた。

功力ユリカは無事だった。彼女はバスルームで倒れていた。火傷などの外傷はなかったが、煙を大量に吸っている可能性があり、大事をとって治療室に運ばれた。酸素吸入が行われ、安定剤がうたれた。彼女は朝になっても目を覚まさず、眠ったままである。

早朝、小火《ぼや》騒ぎのあった五号室を片づけるため、吉野が覗いてみると、星川教授がそこに一人で立っていた。

「ああ、先生、こちらでしたか。どうします？　一応、警察に連絡しますか？」

「いや、それには及ばない」星川教授は窓の外を眺めながら答える。「いろいろ始末書を書かされるのが落ちだ。面倒なことはしたくないからね」

「すみませんでした。トランクにあったライタは取り上げておいたのですが、ハンドバッグのマッチを見落としたのは、私の責任です。化粧ポーチの中に入っていたんですよ」

「いや、気にしなくていい。大事にならなくて良かった。それより、吉野君、バスルームに残っていた彼女の手紙を読んだかね？」

「ええ、もちろん読みました」

「特殊なケースだね」教授は言う。

「ええ、僕もそう思います。文章などはとてもしっかりしている。あれは誰に宛てたものなのでしょうか?」

「彼女はご主人だと言っていた」

吉野は、教授が手に持っているものに気がついた。

「何ですか? それは」

「ハモニカだよ」教授は手を広げて見せる。

小さな黒焦げのハモニカだった。

「ベッドの上にあったんだ。昨日、裏の池まで散歩に出かけたのを、遠くから見ていたら、彼女、これを吹いていた」

「へえ、彼女がハモニカをですか?」

「ああ、そうだ。一人で熱心に演奏していたようだ。いったい、どんな曲だったんだろうね」

8

星川教授が部屋に入っていくと、ベッドでユリカはそちらを向いた。

「星川先生……」

ぼんやりとした表情で彼女は囁く。

「あの子は？」

「あの子？」

「あの子は、大丈夫だったでしょうか？」

「功力さん、どうしたんです？」

星川教授はベッドの横に立って、
彼女の伸ばした片手を受け止める。

「あの人が来たんです」

「ご主人ですね？」

「夜中に、あの人が戻ってきたんです」

「夜中に？」

「私の手紙を信じてはくれなかったんです」

「ご主人がですか？」

「ええ、私、主人を愛しているんです。こんなに、あの人のことを想《おも》っているのに……」

星川教授は、彼女の手を離す。

彼は、椅子に腰を掛けた。


「きっと、あの子は殺されたの」

ユリカは目を瞑っていた。

「ああ、みんな、私のせいだわ」

「貴女のせいではありません」

「私がいけないの」

「大丈夫、何も起こっていません」

「あの子が殺された」

「誰も殺されてなんかいません」


星川教授は、少し迷っている様子だ。

彼は、ポケットから焦げたハモニカを、取り出した。


ユリカは、それを見て、瞬時に表情を変える。

彼女は微笑み、

今まで聞いたことのない低い声で言った。

「僕のハモニカだ」

星川教授は、ハモニカをユリカに手渡した。

まだ、十四歳になったばかりの少女に。

ユリカ、知っているかい?

君は、まだ子供なんだよ。

黙っていたけれど……。

僕だけが、それを知っている。

彼女の迷宮

She is Lost in Mysteries

1

京野《きょうの》サキは車から降りた。辣腕《らつわん》女刑事の登場に、現場の男たちは静まり返る。彼女は、淡いベージュのコートのポケットから白い手袋を取り出した。

「京野警部」若い長身の刑事が駆け寄ってくる。「凄《すご》いですよ。ええ、こちらです」

「唐林《からばやし》君、そのネクタイ、彼女からもらったの？」京野は歩きながらきいた。

「ええ……」唐林刑事はきょとんとした顔で上司を見る。

「偽ものね、それ」京野は、前を見たまま小声で言った。

郊外の夜は静かだ。しかし、今、園田《そのだ》家の邸宅の前は、パトカーのサイレンと回転灯に集まった野次馬で騒々しい。京野が到着したときも、門の中に車を入れるのに手間取った。

玄関ホールは古風な洋風のデザインで、押しつけがましい荘厳さが鼻についた。京野は、そういったわざとらしい趣味が好きではない。どこか洗練されていない異質さ、そして取り残された余分さが見えるからだ。

「本当、凄いんですよ、現場……、京野警部」階段をさきに上っている唐林が途中で振り向いて言った。「もう、びっくりしました」

「そう……」京野は口を斜めにする。「いつもいつも、よくそんなにびっくりできるわね、

「いえ、マジに、今回はもの凄いんですよ。信じられない、絶対です、命に懸《か》けて……」唐林は高い声で言う。

唐林刑事はまだ若い。京野の部署に配属になってまだ一年である。彼女より、一回り歳下だった。なかなかのハンサムで、人柄も良いが、多少のんびりした性格だけは、この仕事には不向きだ、と京野は分析している。

二階の廊下には鑑識の係官が数名いた。彼らは、京野に頭を下げるために立ち上がった。突き当たりの大きなドアは開いたままになっている。

「ここのドアはですね、警察が到着してから開けられました」唐林は説明する。近づいてみると、ドアの一部が壊されているのがわかった。「通報があって、五分ほどで最初の警官が到着しています。この家にいたのは、家政婦と園田夫人の二人だけです。ここの鍵は内側からかけられていました」

二人は広い部屋の中に足を踏み入れる。

低いテーブルと大きなソファ。その間に、動かない人間が倒れている。四、五人の白い手袋の男たちがいて、鋭い目で黙って京野を一瞥《いちべつ》した。

こういった一種異様な雰囲気が、彼女は嫌いではない。係官たちのどの目も小刻みに動いている。どの手もこわばっている。殺人現場に踏み込むときのこの一瞬の緊張感に慣れることは、たぶんないだろう。

「窓には鉄格子があります」唐林は壁の方を指さす。「もちろん鍵もかかっていました。ここは完全な密室といえます」

死体の横で屈み込んでいた年配の男が立ち上がった。京野が入ってきたとき、彼だけが、顔を上げなかった。鑑識の三島《みしま》検死官である。

「やあ、サキちゃん」首の骨を一度鳴らしてから、悠長な口調で三島が言った。「遅かったじゃないか、君にしては……」

「ええ、先生。申し訳ありません。ちょっと出かけていたものですから」京野は軽く微笑む。

「飲んでるね？　珍しい……」三島はメガネを上げてにやりと笑った。「相手の男が羨《うら》ましいよ」

「いえ、一人です」

「ますます羨ましい」

「絞殺ですか？」京野は倒れている男を見下ろしてきく。

「そう……、この男を殺すってのは、レスラか関取だろうね」三島がまた首の骨を鳴らした。「三時間くらいまえだ。十時頃ってことかな……」

殺されている男は、五十代の紳士だ。顎鬚《あごひげ》を蓄え、体格の良い大柄な男だった。彼がこの邸宅の主人、園田十郎《じゅうろう》であることは既に聞いていた。

「被害者《ガイシャ》は、一階の食堂で夕食をとったあと、この書斎に一人で入りました」唐林が説明する。「その後、八時頃ですが、家政婦が一度ここへコーヒーを運んでいます。一階には、園田夫人とその女友達が三人、夕方からずっと一緒にいまして、彼女たちが十二時頃帰るときに、夫人が被害者を呼びに、この部屋まで来たそうです」

「そのときは、もうドアに鍵がかかっていたのね？」京野は屈み込んで死体を観察しながらきいた。

「そうです。それで、園田夫人は諦めて、一旦は下に戻って玄関でお客を送り出してから、もう一度、二階に引き返してきたんです。あとは、家政婦を呼んで、彼女と二人で、ドアを叩いて呼んだそうです。返事がないし、被害者は心臓が悪かったそうで……、まあ、それで心配になって、慌てて警察と救急車を呼んだというわけです」

「下の玄関の鍵は？」京野はきく。

「夕方からずっと、かかっていたそうです。客が出ていったとき以外は、玄関は閉まっていたはずだと話してます」

「ふうん……」京野は立ち上がった。それから三島の方を見て、微笑んだ。「いいわよ……。もう、三島先生のもの」

「じゃあ、いただいていくよ」三島は頷《うなず》くと、近くの男たちに目で合図して、死体を運び出す作業に取りかかった。

京野と唐林は、シーツがかけられた担架が出ていくまで黙って待っていた。

京野は、人差し指を二度ほど曲げて、唐林刑事に合図する。彼は、彼女の近くに寄って、頭を少し下げた。

「何ですか？」

「何が凄いわけ？」京野は唐林の耳もとで囁《ささや》いた。「密室のこと？」

「密室なんて、もう慣れましたよ」唐林は口もとを上げる。

「じゃあ、何？」

「被害者《ガイシャ》の髪の毛なんですよ」唐林は、片手を自分の口と京野の耳の間に差し出し、小声で言った。「警部、園田十郎って知りませんか？」

京野は首をふる。

「有名な劇作家です。テレビによく出てますよ。それに、今、被害者を見たでしょう？」

京野は唐林を見上げて睨《にら》んだ。彼女には意味がわからなかった。劇作家なんて職業が具体的にどんな仕事をするのか、興味もなかったし、被害者の髪の毛も思い出してみたが、少し白髪が混じっていたくらいで、特に変わったところはなかったはずだ。

唐林刑事はにこにことしてもう一度、京野の耳もとに近づいた。「被害者の園田十郎は、禿《はげ》なんですよ」

「あら、じゃあ……、さっきのあれ、鬘《かつら》だったの?」京野は冷静にきいた。もちろん、それくらいで驚く彼女ではない。

唐林は大きく首をふる。

「じれったいな。言いなさい」

「ええ、あれは鬘じゃありません。それは、もう最初に確かめましたよ。びっくりしましたからね。でも、あれは、本ものの髪の毛でした。間違いありません」

「どういうこと? 何が言いたいの?」京野は腕を組む。「じゃあ、禿なんかじゃないってこと?」

「いいえ、それはもう有名ですから」

京野は首を傾げて、唐林を見据える。

「ね、凄いでしょう?」唐林は勝ち誇ったようにゆっくり頷く。「今度こそ、警部もびっくりしたでしょう?」

「つまり、最近になって、人工増毛したわけね?」京野は口を斜めにする。

「ところが、そうじゃないんですよ」

「何故?」

「だって、夕食のときまで、被害者の頭には髪の毛が一本もなかったんですから。夫人も客連中もそう話してます。それが、この部屋に引っ込んで、殺されるまでの二時間で、あのとおり、ふさふさですよ」

「まさか……」京野は笑った。「本当に本人なの？」

「ええ」唐林は頷く。「犯人《ホシ》は、強力な毛生え薬でも持っていたんでしょうか……」

2

朝倉《あさくら》サキは、そこまでワープロを打つと、一度セーブした。

外はすっかり明るくなっている。彼女は煙草に火をつけながら立ち上がり、目を細めて窓の外を眺める。徹夜の仕事で、少し肩が痛かった。

海外に出張中の夫は、昨夜も電話をかけてこなかった。

数日まえに郵便が届き、手紙とフロッピィディスクが一枚入っていた。いつものことで、手紙は簡単な短い文面。小学生が母の日に先生に言われて無理やり書いたような代物だった。どこで、何をしたか、についてだけ最低限のことが記述されている。そのまま、箇条書きになる文章だ。

フロッピィディスクの方の中身は小説だった。サキはそのディスクをパソコンに入れ、ディスプレイで夫の小説を読んだ。これまた、いつものことで、我慢がならないほどつまらなかった。文学部出身のサキには、夫の無味乾燥の文章がどうにも気に入らない。

サキの夫、朝倉聖一郎《せいいちろう》は、私立大学の教授である。理工学部の数学の教官だった。海外出張は頻繁で、一年のうち三ヵ月はアメリカだ。しかし、彼女は、夫の出張についていったことは一度もない。もちろん夫は誘わなかったし、引っ込み思案な彼女も、自分からは言い出せなかった。

あらゆることが、この擦《す》れ違《ちが》いと同じパターンで繰り返されている。それが、サキの憂鬱《ゆううつ》の根元だった。

サキは、もう一度、自分の小説をパソコンのディスプレイで読み返した。

京野サキという名前は、既に全国的に有名になっている。ミステリィのファンは、当初、サキが考えていたよりも多いようだ。実は、京野というのは彼女の旧姓だった。一連の推理小説のヒロイン、京野サキ刑事は、しかし、朝倉サキとはまったく似ていない、とサキ自身は思っている。歳格好や仕草・言葉遣いは、彼女がモデルになっている。しかし、考え方も、生き方も、性格も、まるで正反対。全然違っていた。そのことが、サキには一番よくわかる。

キッチンに入って、コーヒーを淹《い》れる。煙草を片手に持ち、立ったままでそれを飲んでいるとき、玄関のチャイムが鳴った。時計を見ると、六時だった。

「おはようございます」サキが玄関を開けると、爽《さわ》やかな声で唐林が挨拶した。いつ見ても気持ちの良い笑顔の青年である。

「ちょうど良かったわ。コーヒーを淹れたところなの。上がって……」サキは微笑んだ。

「ええ、じゃあ、失礼してお邪魔します。あの、原稿の方は？」

「大丈夫。昨日の夕方、届いたの」サキは嘘を言う。「ちゃんとフォーマットの変換もしておいたわよ。コーヒーを飲んでいるうちに、プリントアウトするから……」

「いやあ、それは、助かりました」唐林は溜息をついた。「早起きした甲斐があったなあ」

サキが書いていることは内緒にしておかなくてはならない。小説の作者は夫の朝倉聖一郎なのである。アメリカからフロッピィディスクがなかなか届かないという作り話も、昨日の電話で唐林にしたところだった。

朝倉聖一郎の名前で月刊雑誌に連載しているミステリィ、その原稿締切日は、もうずいぶんまえに過ぎていた。今日が正真正銘のぎりぎりのデッドライン。担当の唐林には、出版社に出勤するまえにサキの自宅に寄ってもらったのである。彼の自宅が、偶然にも同じ鉄道の沿線だったからだ。

サキはキッチンに唐林を通し、カップにコーヒーを注いでテーブルに置いた。彼が腰を下ろすのを見届けてから書斎に戻り、ついさきほど完成したばかりの原稿をレーザ・プリンタで出力する。それは、数ヵ月まえに購入したばかりの新機種で、二分ほどで三十枚の原稿をプリントしてしまった。

「はい、どうぞ」キッチンに戻ると、サキは唐林に原稿を手渡す。

「ああ、ありがとうございます!」

「唐林さん、まだ、時間はいいんでしょう?」

「え? ええ」唐林は原稿を嬉しそうに捲《めく》りながら答える。「まだ、六時ですからね……。会社には十時頃までに着けば間に合います。ちょうど届いていたなんて、ラッキィですね。これなら、余裕ですよ」

「朝御飯は?」サキはきいた。

「は? 朝御飯ですか……。はあ……」唐林は頭を掻《か》いた。「いえ、今日は五時起きですからね、食事なんてしてる暇ありませんでしたけど」

「ちょっと待ってて、何か作るから」

「あ! とんでもない」唐林は立ち上がった。「駄目ですよ、そんなあ……」

「いいから、そこで、それ読んでいて」サキはそう言うと、冷蔵庫を開けた。

3

「うへぇ……、面白い! これ、凄いです!」唐林は叫んだ。彼は、味噌汁の椀を持ったまま、原稿の最後の一頁を読み終えたところだった。「いやあ……、こりゃ、最高ですね。いいっすよ。髪の毛が生えていた……、はは、うん、こりゃ実にとんでもないって感じで……」

「そう?」テーブルの向かいに座って唐林をうっとりと眺めていたサキは、少しぎこちなく微笑んだ。「そんなに、面白いかしら?」

「あ、奥さんも、もう読まれたんですか?」

「え、ええ、それは……、もちろん」

「これね……、被害者の頭の毛が剃られていたっていう謎なら、あるんですけど、髪の毛が生えているっていうのは、ないんじゃないかなぁ……」

「そうでしょうね」サキは口を斜めにした。

「あ、その表情……、それ、京野サキと同じですね」唐林は椀を置きながら言った。「いやあ、奥さんがモデルなんだから、当たり前ですけど」

「唐林刑事だって、貴方にそっくりよ」サキはテーブルの茶碗を取って立ち上がった。

「あ、奥さん。もう結構です。もうお腹いっぱいですよ。本当に、すみません。ごちそうさまでした。いやあ、感激です。美味しかったです。僕も早く結婚したいなあ……」

サキは唐林にお茶を出し、それから、煙草に火をつけた。

「あの、僕も煙草吸ってよろしいですか?」彼はサキの方を見る。

「ええ、どうぞ……」

唐林は頭を下げてから、煙草を取り出して火をつけた。

「それにしても、前回の話は、きわどかったですからね。ほら、あれ、京野サキと唐林刑事が、一緒にホテルに入っていったところで終わってしまうんですから……。もう、あちこちで、凄い反響だったみたいですよ」

「反響って？」サキは肩を竦《すく》める。

「口コミですけどね」

「反響はあった方がいいの？」

「もちろん、ないよりは……」

「どんな反響なの？」

「ひょっとしたら、このシリーズ始まって以来の、いよいよ、その……、濡れ場かなって。まあ、そんな反響ですね。でも、そう思わせておいて、またまた殺人でしょう？ ええ、良かったです。これならいけますよ」唐林は原稿を捲りながら、お茶を飲んだ。「今回はなんかテンポも最高にいいですね。今までにない、新しい感じがします。ええ、やっぱり、唐林刑事の私生活をだらだらと書かれると、読者も飽きてきますからね……。それに、この三島検死官ね……、彼の過去の話が長かったでしょう？ 登場人物の悔恨の思い出とか、不屈の人間性とかって、いくら描写したって、今どきはもううんざりなんですよ。あんまり面白くないんです。そんなのばっかしですから、最近ね。あ、いやあ、これ、先生には内緒にしといて下さい」

「そうなの？」サキは知らない顔をして、首を傾げる。

「京野サキは、やっぱ、完璧なキャリア・ウーマンじゃないといけませんよ。美しく、冷たく、誰にもなびかない……。パトリシア・コーンウェルみたいにセンチじゃなくて……、あ、知ってますか？　ドクター・スカーペッタ」

「あ、いえ、私知らないわ……。そうかしら……、冷たい方がいいの？　でも……、京野サキは、唐林さんとホテルに行ったのでしょう？」

「前回ね……、あれは本当のところ、ちょっとだけですけど、まずかったですね」唐林はにやりとする。「ここだけの話ですけど、読者から苦情が殺到です。まあ、苦情を言ってくる読者って、全然、全体を代表してないんですけど、でも、先生はけっこう神経質ですからね、一応、黙ってた方がいいかなって。ああいうのは、駄目なんですよ。高校生の女の子とかが読んでますからね。まあ、僕は、嬉しかったですけど……」

「まあ、どうして？　何が嬉しかったの？」

「あ、いえ……」唐林は顔を赤らめた。「しまった、しまった。いや、今のは失言でした。勘弁して下さい」

4

朝倉サキはベッドに入るまえに、カレンダを見る。夫が帰国するまでに、まだ四週間もあった。

毎日が退屈だった。

彼女には子供がいない。夫のいない家で彼女は独りだ。といって、夫が帰ってきたところで、状況が変わるわけではない。彼は、サキの話を真剣に聞いてくれることなどなかったし、一緒に出かけたことだって最近はほとんどない。意を決して彼女の方から何か話すと、決まって難しい理屈を持ち出され、煙に巻かれてしまう。夜中部屋に閉じ籠《とこ》もって、いつも難しい本を読んでいるだけだった。

今日も出版社の唐林から電話があって、次の原稿の催促をしてきた。まだ、前回の分を書き上げて二週間しか経っていなかったが、このまえは締切をかなりオーバしていたのだからしかたがない。

ベッドに横になりながら、サキは、京野サキ刑事の話の続きを考えようとした。けれど、どうも現実の世界から抜け出せない。

夫は、アメリカで何をしているのだろう。

彼に限って浮気の心配はまったくない。そんなことに興味のある人ではないのだ。本当に、少しくらい、そういった心配がしてみたいものだ、と彼女は思った。

いつからだろう、ぼんやりとした不安が彼女の心の奥で生まれた。それは、少しずつ、本当にゆっくりと、大きくなっていた。

しかし、彼女には自分の感情がよく理解できない。なんとなく寂しい、というだけかもしれない。

何故、そう思うのかも、よくわからない。

ときどき、サキは、夫にそのことを言おうと思った。でも、どう表現したら良いのか、言葉に詰まってしまう。たとえ、話したところで、どうせ、また心理学か、精神医学の理屈を持ち出されて、難しい話になるのに決まっている。

夫は、そういうタイプなのだ。世の中のすべてが、数学の公式みたいに割り切れると彼は信じて疑わない。いや、少なくとも、彼の周辺だけは、本当に理路整然としていた。もちろんサキ自身も、夫のそんな凛々《りり》しさが好きだったし、それはそれで、立派な生き方だと尊敬もしていた。けれど、自分には夫の理屈についていけない部分がある。それは、女としての弱さなのか、それとも、精神力の問題なのか……。毎日、家の中にいて、つまらないことばかり考えているのがいけないのか……。

雨の日などは、特に憂鬱《ゆううつ》になった。

京野サキ刑事みたいには、とても自分はなれない、とサキは思う。それが、実に腹立たしい。

違う名前だったら良かったのに……。

どんな問題でも、顔色一つ変えないで解決してしまう、架空のスーパ・レディ、京野サキに、彼女は嫉妬していた。

5

増毛殺人事件から一週間後。

同じ住宅街で、次の事件が起こった。知らせが入ったのは、京野サキが、部下の唐林刑事とビリヤードをしていたときだった。

このところ、文字どおりの殺人的な忙しさで、二人ともまいっていた。少し息抜きをしたかったのだ。京野と唐林は軽い食事をしたあと、カフェバーで一杯やりながら玉を突いていた。ゲームの方は、圧倒的に京野が強かったが、彼女はそれでも手加減していた。

タクシーで現場に到着する。幸い、彼女たちが遊んでいた場所から、そこは近かった。

マンションの十四階である。億ションと呼ばれる高級な部屋で、十三階と吹き抜けで繋《つな》がった住居だった。

被害者は某建設会社の幹部。殺害方法は、一週間まえの事件、劇作家、園田十郎の場合と同じ。極めて類似した絞殺の痕跡が明瞭に残っていた。

検死官の三島がやってきて、死体を簡単に調べてから運び出した。最初、何も異状は認められなかった。少なくとも、京野にはそう思われた。

しかし、もちろん、そうではなかったのだ。

新鮮な空気を求めてベランダに出た京野に、唐林刑事の高い声が聞こえてきた。

「京野警部！」唐林はガラス戸を慌てて開けると、ベランダに飛び出してくる。「いやあ、大変です、大変ですよ。やっぱりです。凄いんですよ」

「少しは落ち着いたら」京野は微笑んだ。

「いえ、駄目。今度ばっかりは、駄目ですよ」唐林はぶるぶると首をふった。「もう、本当……、凄いんだから。ええ、何と言ったら良いか……」

「何でもいいから、早く言いなさい」

「さっきの死体、警部、ご覧になったでしょう？」

「当たり前じゃない」京野は吹き出した。

「普通でしたよね？」

「別に変わったところはなかったと思うけど……」

「いえ、それがですね、いいですか？　被害者《ガイシャ》の井村忠雄《いむらただお》なんですけど……」唐林はそこでわざとらしく深呼吸をした。彼の息が白く見える。「十年ほどまえに交通事故に遭っていまして、左足をそのとき切断してるんです。だから、片足が義足だったんですよ」

「まさか……」京野はさすがに少し驚いた。「でも、そんなこと……」

バスルームで殺されていた被害者は全裸だった。義足だったら気がつかないわけはない。

「ね！」唐林はひきつった表情で頷いた。

「じゃあ、あれはいったい誰なの？」京野は呟《つぶや》くようにきく。

「ええ、本人だと……、少なくとも家族はみんなそう言っていましたね。でも、みんな蒼《あお》ざめていたでしょう？　なにしろ、ないはずの足が、生えていたんですから……」

おかしな事件だった。

そもそも、今回の一連の事件は、最初からおかしかったのである。

ただ、初めはそれに気がつかなかっただけだ。

独り暮らしの老人が、自宅で殺されていた。絞殺である。身もともすぐに確認された。

数日後、葬儀も終了したあと、遺族から警察に連絡があった。駆けつけてみると、遺体は別人だと言う。その理由は、被害者の左手だった。五本の指がすべて揃《そろ》っている。それがありえないと言うのだ。

被害者が以前に勤めていた会社の同僚が、彼の左手には薬指がなかったことを証言した。最初に警察で遺体を確認した被害者の孫は、それを知らなかった。

一転して、遺体は別人ということになった。

しかし、それでは、殺人現場に住んでいた老人はどこへ行ってしまったのか？

しかも、親族が見間違えるほどよく似た人相の老人がそこで殺されていたことを、いったいどう説明するのか？

この事件の二週間後、今度は、豪邸で劇作家、園田十郎が殺される。彼の場合は、トレードマークの坊主頭に髪の毛を生やした状態で殺されていた。

そして、今回の事件が三度目である。

つまり、指が生え、髪が生え、そして、足が生えた、というわけだ。

三人の被害者たちは、全員、別人ということだろうか……。

もし、そうなら、何か大がかりな計画が実行されている、ということにもなろう。いったい、どういった意図で、このような不可思議な犯罪が行われているのだろう。

冷たい空気に、京野サキは少し身震いがした。

さきほどまでのほろ酔い気分は、もうすっかり消え去った。彼女は、ベランダから下を覗き見る。マンションの前の道路で、パトカーの赤いランプだけが小さく動いていた。

高いところから下を覗くと、いつも吸い込まれそうな誘惑を感じる。その不安な一瞬が、彼女は嫌いではない。

「何か、気がついたことがありますか？」唐林は、京野の顔を窺《うかが》った。「警部、気分でも悪いんですか？」

「いえ、大丈夫。ちょっと酔いを醒ましてるだけ」彼女は振り返り、手摺を背にした。「そうね、とにかく、今のことは、三島さんに至急連絡しておいて」

「はい、わかってます。他には？」

「それだけ」

「わかりました」唐林は返事をして部屋の中に戻っていった。

京野サキは、またベランダの手摺に向かう。

そして、静かに溜息をついた。

どうして、自分はすぐに部屋の中に戻らないのか……、と彼女は自問する。

何かもやもやとした不思議な感情が、まだ残っていた。

それは、強く何かを欲しがっているとか、どうしても何かをしたいとか、そういった種類の感情ではなかった。ただ、なんとなく、自分の人生を振り返ってもいい、あるいは、この二十年間をもう一度やり直してもいい、そういったぼんやりとした消極的な印象に近いものだ。ただそれは、確かに今までの彼女にはなかったもの。新しい感情には違いない。その新しさに戦慄するほどだった。

6

「いい！　いいですね。いい。最高！」唐林は叫んだ。周囲のテーブルの客が、彼の高い声に振り向いてこちらを見る。

　朝倉サキは、熱いカフェオレのカップを持ちながら微笑んだ。

「いやあ、とにかく、ええ、いいですよ、これは」唐林の嬉しそうな顔は、サキには少年のそれのように眩しい。「ここへきて、ぐんと、こう、京野サキが女らしくなってきましたね。いえね……、こう言っちゃあなんですけど、ちょっと今まで完璧過ぎて、刺々《とげとげ》しいところがあったじゃないですか。うん、これ……、やっぱり、彼女、唐林刑事に恋をしているわけですよね？　はは、まいったなぁ……。あ、あ、すみませんね、気分を悪くなさらないで下さいね。奥さん」

「いいえ、私、かまいませんわ、全然」サキはにっこりと微笑む。どうやら、鏡の前で練習しておいた甲斐があって、上手《うま》く微笑むことができた。それはお話の中のこと、と続けようとして、口にするのを留まる。そのあとは、勇気のいる沈黙だった。

　しかし、唐林はそんな彼女には気づかず、にこにこしたまま原稿を見ている。

「それに、事件はますます混迷の度を深めているわけです。うんうん……、こりゃあ、大作になりそうですね。先生は何かおっしゃってませんか？」

「あ、ええ」

「あと、連載は何回くらいでしょう？　まだ、事件は続くのでしょうか？　それとも、そろそろ解決編ですか？」

「さあ、どうかしら……」サキは曖昧に答える。

「来週ですよね？　朝倉先生が帰国されるのは」

「ええ、そうよ」

「解決編は、雑誌には掲載しないで、早めに単行本を出した方がいいかもしれませんね。うん、すぐ企画に上げましょう。ああ、どうなるんでしょうね。本当、楽しみです。また、例によって、ずばっと解決してくれるんですよね、京野サキが……」

7

空港のロビィに朝倉サキは立っている。

彼女は、昨日買ったばかりの新しいセータを着て、めかしこんでいた。この二ヵ月間、彼女は彼女なりにいろいろ悩んだが、今日、夫の顔をひと目でも見れば、きっとすべての問題が消え去ってしまうと予感していた。

彼女は、今朝、電話帳で調べて、レストランの予約さえしていたのである。そんな積極的な行動は、彼女には冒険だったし、もちろん初めてのことだった。

でも、もう後へは引けない。

朝倉聖一郎は、大きなトランクをがらがらと引きずってゲートから出てきた。いつもどおりの背広姿に、いつもどおりの無表情だった。

「お帰りなさい」サキは駆け寄って、夫の手荷物を一つ持つ。

「ああ、ぴったり予定どおりだ」聖一郎は、軽く頷いた。「変わりはないかな？」

「ええ」歩きながらサキは言う。「お帰りが待ち遠しかったわ」

「それは良かった」

「え？　何がです？」

「変わりがないことだ」

夫に抱きついてキスをしたかったが、人目が憚《はばか》られた。

駐車場の車まで並んで歩き、荷物をトランクルームに仕舞う。運転席に座ったサキは、夫が安全ベルトを締めるのを待ってから、言った。

「あの、聖一郎さん」サキは自分の心臓が大きく脈打つのを感じる。「私、レストランを予約したの。いけなかったかしら？」

「へえ……」聖一郎は少し驚いたようだ。「いや、いけないという理由は、特にないように思う。それに、私も非常に疲れているというわけではない。ずっと、飛行機の中で眠っていたからね……。レストランというのは、今から、すぐという意味？」

「はい……」サキは、躰を伸ばし、夫にキスをする。「ありがとう」

ホテルの最上階のレストランで、夕暮れのパノラマを眼下に眺めながらの食事だった。

二人はほとんど黙っていた。もっとも、彼女の夫は自分から口をきくようなことは普段から滅多にない。何週間も会わなかったのに、その間の話もなかった。彼が、どんなところで生活し、どんなものを見たのか、どんな人たちに会ったのか、そんな話はまるでない。それも、いつものことである。彼の頭の中は、景色や、食事や、人間などとは無関係のものでいっぱいなのだ。おそらく、それは数字、記号、変数、図形。しかし、それが真実に近づくという純粋さだ、とサキは信じている。自分にはなかなか近づけない領域に、彼女の夫はいるのだ。こうして、遠い国から帰ってきた今も、夫は、サキの近くに本当にいるわけではない。

「どうでした？」デザートが終わって、小さなコーヒーカップがテーブルに置かれたとき、サキは初めて聖一郎に尋ねた。

「何が？」

「いろいろ……」サキは肩を小さく竦める。「あちらのこととか……、それに、たった今いただいたお食事とか」

「ああ、悪くないね」聖一郎はそう言って、煙草を取り出した。

そう言うだろう、とサキは思っていた。

「それだけですか？」

「うん、どうして、こういった商売が成立するのか、私には理解できないね。わざわざ、こんな不経済で不便なところに食事をしにくる人間が大勢いるなんてね」

彼はレストランを見渡した。

「私たちと同じだわ」

「実に不思議だ」

「世の中には、不思議なこともあるの」

8

朝倉サキは、キッチンのテーブルでじっと待っている。

夫の聖一郎は、シャワーを浴び、一度だけキッチンにコーヒーを取りにきただけで、さきほどから書斎に一人で閉じ籠もっていた。普段なら、それっきり、朝まで会うことはない。けれど、今夜は、そうではないはず……。

サキは緊張して待っている。

ホテルのレストランを出たあと、サキは、地下のパブに夫を連れていった。それも、極めて異例の積極性だった。

さすがに、聖一郎は嫌がった。彼はアルコールを一切飲まない。若い頃から、二人だけでそういった場所に入ったこともなかったのだ。

三十分、いや一時間ほどいただろうか。カウンタに並んで座り、サキはオレンジ色のカクテルを飲んだ。聖一郎はウーロン茶だ。彼は不機嫌そうだったが、サキはとても楽しかった。

これくらいのこと、しなくちゃいけないんだ、と思った。

カクテルを飲みながら、若い頃の思い出話を彼女はした。

二人は学生結婚だった。一方的にサキが押しかけたのだから、今となっては文句も言えない。聖一郎は、大学院生時代とまるで変わらない。

自分はどうだろう……。

ずいぶん、変わったのではないだろうか……、とサキは思う。

自立した女性に憧れ、いろいろなものに手を出したが、一つとして続いたことはなかった。けれど、最近の彼女はまったく失望していない。自立するとか、仕事をするとか、そういったことが、いかに些細なことなのか、だんだんわかってきたからだ。

それを教えてくれたのが、聖一郎だ。口で教えてくれたわけではないが、彼の生き方を見ていると、それがわかった。だから、サキは、若い頃よりもずっと、何倍も、聖一郎を愛している。

パブを出たあと、聖一郎が運転して帰宅した。

それから、既に二時間。もうすぐ、十一時である。

聖一郎が呼ぶ声で、サキは目を覚ました。テーブルに頬杖をついたまま、彼女はつい、うとうととしてしまったようだ。

「サキ」書斎の方から、夫の声がもう一度聞こえた。

「はーい」彼女は返事をして立ち上がる。

書斎まで廊下を歩いていくとき、サキは胸に両手を当てて深呼吸をした。今までの人生で、こんなに緊張したことはなかった。

9

「そこに座りなさい」聖一郎は妙に優しく言った。

サキはソファに腰掛け、夫の顔を見る。彼は無表情で彼女の目をじっと見つめていた。

「どうして、こんなことをした？」聖一郎は、雑誌を二冊テーブルの上に置いた。それは、ミステリィを連載している月刊誌である。

「ごめんなさい、聖一郎さん」サキは少し顎を引いて、上目遣いで夫を見た。その言葉が発音できたのは、自分でも驚くほどの勇気だった。

「私が送った原稿はどうした？　締切に間に合わなかったのかね？」

「いいえ、ぎりぎりで間に合いました」サキは答える。

「サキ、これは君が書いたんだね？」

「そうです」

「何かの悪戯《いたずら》かい？」

「いいえ……」サキは首をふった。「いえ、わからないの……、ええ、悪戯かもしれないわ」

「話がめちゃくちゃじゃないか」聖一郎は、テーブルの雑誌を手に取り、素早く頁を捲《めく》った。「何だい、この増毛殺人って？　それに、足が生えてきた？」

「面白いでしょう？」サキは少し微笑んだ。夫の反応は、彼女が予想していたよりもソフトだったので安心した。もっとも、彼は感情的に怒鳴り散らしたりする真似は絶対にしないし、まして暴力を振るうことなど考えられなかった。

「そりゃ、面白いといえば面白いが……」夫は冷静に答えている。「しかし、結末はどうする気なんだ？　君、何か考えがあるのだろう？　次の号はどうする？」

「また、別の事件を起こせば良いわ」サキは答えた。「今度は、お臍《へそ》が二つある死体にしようかと思っているの」

「そのあとは？」

「また別の事件よ」

「そうじゃなくてね。私がきいているのは、どうやって京野サキが事件を解決するのかという点だ」夫はゆっくりと言った。そうやって、ゆっくりとものを言うときは、いつも彼が一番怖いときだった。

「ええ……」サキは肩を竦める。「わかっています」

「何か考えてあるんだね？」

「ええ、もちろん考えてあるわ」サキは深呼吸をして頷いた。ここが正念場である。

「どんな動機なんだい？　それにトリックは？」

「この事件は迷宮入りになるのよ」

　聖一郎は口を少し開けたまま、ソファにもたれた。

「なんだって？」

「解決できないの」

「解決できない？」

「そうよ」

「馬鹿な……」彼は、信じられないという表情でサキを睨んだ。その目は、明らかに静かな怒りで燃えている。

「数学の定理だって、今でも証明できないものがあるって、聖一郎さん、おっしゃってらしたでしょう？　ね、たまには、解決できない事件があっても、私、良いと思いましたの」

「むちゃくちゃだ……」聖一郎は早口になった。「サキ、君は自分の言っていることがわかっているのかい？　いいかね、数学で解けない定理があるのは事実だが、それらは、すべてごく当たり前の現象を記述しているものなんだ。すべての場合について成立することが証明できていないだけで、普段は正しいことが誰にもすぐわかるんだよ。こんな、君の書いたような、はちゃめちゃな謎ではないんだ。それにだね、解決しない結末なんて……、そんなのは、私の作風ではない。これまで、地道に事件を解決してきたんだよ。この家のローンを払うために、大切な研究の時間を割《さ》いて、私は小説を書き始めた。京野サキ刑事のシリーズは、正当な推理ものとして評価され、売れているんだ。そんなペテンを一度でもしたら、私は作家としておしまいだよ」

「もう、ローンは済みましたわ」サキは微笑んだ。「だから、もう、小説なんて書かなくてもいいのよ。聖一郎さん、好きなだけ研究なされば……」

「しかし、君は……、喜んでいたじゃないか。私が小説を書いたことを」

「ええ、そう。聖一郎さんにそんな才能があったなんて、本当、驚きましたし、とても嬉しかったわ。こんなに、お金持ちにもなったし、恵まれていると思います。でも……、もういいの。あんな、京野サキなんて、架空の女の話なんて、私もう、たくさんです」

「よくわからないな」聖一郎は、サキの口調に少し驚いたようだ。「どうしたんだね？　何がいけないいんだ？」

「私、きっと……、聖一郎さんの作った京野サキに嫉妬しているんです」

「は？　また不合理なことを……」

「私、あんな完璧な女性にはなれないわ。これから、どんどん歳をとっていくんだし、どんどん、おばあさんになって……、どんどん馬鹿になっていくの……。聖一郎さんの理想からは、どんどん離れていってしまうのよ。あなたは……」

　サキの目から涙がこぼれ始めた。

「何を言いだすんだ」聖一郎は鼻息をもらした。「落ち着きなさい」

「あなたは、どんどん、立派になって、私を、嫌いになるんです」

「君、酔っ払っているのか？　冷静になりなさい」

「いいえ、私、酔ってなんかいません」

「とにかく感情的な言葉を使うのはよしなさい。そうやって、自分でしゃべった言葉で、興奮してしまうんだよ。何故、私の代わりに小説を書いたのか、もう一度理由を説明してくれないか」

「京野サキが嫌いだからです」

「じゃあ、君は、小説の登場人物に嫉妬して、私の作品をめちゃくちゃにしたと言うんだね？」

「はい」

「なるほど……」聖一郎は顎に手をやって、目を細めて天井を見た。「わからんな。まったく不思議だ。どういった感情なんだ？　私には理解できない」

「自分でもわからないんですもの、聖一郎さんにわかるはずがないわ。そうでしょう？　理解できないことだってあるのよ、世の中には……。なんでも、数学みたいにはいかないのよ」

「いや、しかし、読者は説明が可能な理由、そして簡単な理解を求めているんだ。君の発言は、自分の感情と、小説のマナーを混同している」

「理解、理解って……、そんなに理解ばかりして何になるんですか？　私の気持ち一つ理解できないじゃありませんか」

「ああ、理解できないね」聖一郎は頷く。

「私はあなたにわかってもらいたいの」

「私だって納得したい」

「このままなのよ。このままずっと、わからないまま、ずっと、どんどん歳をとって……」

「わかった、もう、よそう、この話は……。サキ、もう寝なさい」

10

翌朝、聖一郎がキッチンに入っていくと、サキは、鼻歌を歌いながら観葉植物に水をやっていた。テーブルの上には、朝食の用意がととのっていたが、それは、コーヒーとトーストで、いつものご飯と味噌汁ではなかった。結婚以来、洋食のブレックファーストはこれが初めてのことだった。聖一郎は和食が好みであるため、朝倉家の食卓にパンやコーヒーが並ぶことは一度もなかったのである。

彼は一瞬驚いたが、昨夜の妻の様子から、あまり事を大きくしたくなかったので、黙って椅子に腰を下ろした。

「おはよう」彼は新聞を手に取りながらサキに声をかける。

「ねえ、聖一郎さん……」サキはにこにことしながら、彼に近づいてきて、キスをする。それから、子供のように弾んだ声で、こう言った。

「京野サキは今回の事件が解決するまえに死んでしまう、というのはどうかしら？」

「そうだね……、こうなった以上、私もそれが一番いいと思うよ」聖一郎は新聞を読みながら答えた。事実、その手がある、と考えていたことだった。

「それでね」サキは台所に戻り、キャベツを切りながら続ける。「京野サキの死体が発見されるでしょう。それは、唐林刑事が見つけるのよ」

「へえ、それじゃあ、他殺なんだね？」聖一郎は顔を上げる。

「そりゃあ、そうよ……。だってミステリィなんですもの」サキはにっこりと笑った。「そこで、唐林刑事はまた例によって、凄い、凄いって、大げさに驚くの」

「どうして？」

「京野サキの死体を見たら……、彼女、髭を生やしていたのよ」

聖一郎は、背筋が寒くなった。

げに、恐ろしきは女性。

「男だったってわけかい？　京野サキが……」

「そうよ。ほら、だって、あんな完璧な女の人なんて、実際にはいませんもの」

それを聞いて、聖一郎は咳払いをする。

なるほど、それも一理ある。

「で、誰が犯人なんだね？　京野サキは、いったい誰に殺されるんだい？」

サキは、包丁を持って振り向き、うっとりとした表情で目を細めた。

「もちろん、私よ」

真夜中の悲鳴

Acoustic Emission

1

阿竹《あたけ》スピカは古いガスストーブに火をつけた。

少し大きめの白衣の袖をまくり上げて腕時計を見ると、十一時を回っている。彼女はもう一度、動歪計《どうひずみけい》とデジタルロガーの接続をチェックした。何度かテストスキャンを繰り返し、発光ダイオードのオレンジ色の瞬《また》きが、フラッシャのように横に流れる。

実験室の高い天井には水銀灯が光っていたが、この巨大な空間の中央に一人でぽつんと立っている彼女の周辺では、幾つものスポットライトがさらに照度を補っていた。油圧ポンプのリズミカルな音が一定のノイズとなって響いている。しかし、それも意識しないと聞こえない。少し同調のずれたＦＭラジオが、舌足らずのディスクジョッキィの品のない英語と、スピカの知らない新しい曲を、さきほどからずっと流し続けていたが、彼女はそれもほとんど聴いていなかった。

がしゃんという音がする。

大きな電動シャッタの横にある通用口に、畑中《はたなか》助教授が現れた。少し白髪まじりの彼は、にこにことしながらスピカの方へ歩いてきた。

「もう、帰るけど……、阿竹さん、まだやってくの？」メガネを触りながら畑中助教授がきく。

「はい、先生」スピカは頰を膨らませ、息を吐いてから答えた。「もう少しだけ見てます。まだ、何か見落としがあるかもしれませんから……」

「そう……。あれ、ガスストーブ？　こんな古いの出してきたの？」

「あ、はい、昨日、倉庫から」

「危ないなあ……、ヒータがあるでしょう」畑中助教授は肩を竦《すく》めながら、少し離れたところにあった大型の電気ストーブを指さした。「どうして使わないの？」

「あれ、駄目なんです。ブレーカが飛んじゃうんです」

「あれ？　ここって、二十五アンペアだった？」

「いえ、コンセントを工夫すれば、ローカルではぎりぎり大丈夫なんですけど、総量でオーバするみたいなんです。もう、全部飛んじゃうんですよ、実験室中……。一昨日はそれで、大失敗しました。この実験棟が全部飛んじゃったんです」

「へえ、じゃあ、上でも何か使ってたんじゃない？」畑中助教授は大笑いした。「はは、そりゃ、凄《すご》かったね。そんなに電気使ってるの？　この実験……」

「ええ、めいっぱい使ってます」

「しかたがないなあ。まあ、火の元には、充分注意して……、あ、そう、それに、最近、この辺《あた》りさ、なんか物騒《ぶっそう》だし……。帰るとき気をつけてね」

「はい、車ですから大丈夫です」スピカは微笑んだ。そう答えたものの、彼女には帰る気など毛頭ない。

「じゃあ、おさきに」畑中助教授は、片手を挙げて、入ってきた通用口のところへ戻っていく。「阿竹さん、ここ、鍵かけといた方がいいね」

スピカは持っていたセンサをデスクに置いて、畑中助教授のところまで駆け寄った。

「無理しないように」

「失礼します」スピカは挨拶をしてから、通用口のドアに鍵をかける。白衣のポケットに手を突っ込んだまま、ゆっくりと実験室の中央へ彼女は戻った。

スピカはすぐに作業を再開した。小さな超音波センサにグリスを塗り、それをカップラにセットして、試験体に瞬間接着剤で取り付ける。牛乳パックほどの大きさのセラミックスが、彼女が取り組んでいる研究対象だった。その試験体に十時間ほどかけて、とてもゆっくりとした力を加える。そのとき、セラミックスの内部で発生するマイクロクラック、つまり、非常に微細な内部ひび割れを、超音波センサが受信するのである。それは、極めて弱い弾性波《だんせいは》、すなわち、人にはとうてい聞こえない高くて小さな音波だが、試験体に幾つも接着された超音波センサがこの音をキャッチして、コンピュータが内部に発生したひび割れの位置を割り出す。それが彼女の実験だ。

スピカは、材料工学専攻のドクタ・コースの大学院生である。来年には博士論文を提出しなくてはならない。この実験が、彼女の博士論文の骨子となるものであった。

もう一週間ほど毎晩毎晩、徹夜に近い測定だった。載荷《さいか》装置も計測機器も、パソコンによって完全に制御されている。彼女自身が書いたプログラムで、全自動で作動するはずだった。しかし、なかなか、手放しというほどには、うまくはいかないものだ。彼女が予期した以上に、小さなエラーが次から次に発生した。その原因をその都度調べ、対策を考えて、プログラムのスクリプトを修正する。なんとか支障なく計測ができるようになったのは、二日ほどまえからであった。

頭を振って、ショートヘアの前髪を払いのける。彼女は片方だけイヤリングをしていた。化粧はしていないが、そのイヤリングだけはずっと付けているものだった。自分でも理由はよくわからない。一つくらいは女らしいところがあっても良い、と無意識に思っていたせいかもしれなかった。知らないうちに彼女のトレードマークになり、面倒でもやめられなくなっていた。

すべてのセットが終われば、あとは一晩かけて自動的に載荷と計測が行われる。今夜こそは完璧にそれができそうだった。スピカは、最後の最後まで、考えつく事項を確認した。

2

翌朝、実験室の隣の準備室のソファでスピカは目を覚ました。時計を見ると八時。小さな電気ストーブが足もとでついたままだった。確か、少し仮眠しようと思い、毛布をかぶって横になったのが三時頃だったか……。少し眠り過ぎたようだ。

彼女は急いで起き上がり、実験室に向かった。

油圧ポンプの音が快調に部屋中に響いている。試験体に駆け寄ったが、幸い異状はなかった。

トランジエントメモリの残量とファンクションジェネレータのデジタル表示をチャンネルごとにチェックする。パソコンのディスプレイでは、彼女のプログラムが、三分の二ほど計測が進んでいることをグラフで表示していた。

(良かった。今度こそ、うまくいきそうだ……)

彼女はにんまりと微笑んでから、準備室に戻り、コーヒーを淹《い》れることにした。

開いたままだったドアから、石阪《いしさか》トミオミが入ってきた。

「おはようございます」トミオミは眠そうな籠《こ》もった声で挨拶する。

「おはよう」スピカはぶっきらぼうに答える。

「阿竹さん、髪の毛、変ですよ」

「あれ？　あんた、どこから入ってきた？」

「へへ、トイレの窓」

「やめてほしいな、そういうの……」

「あ、コーヒー、僕の分もあります？」

「ないね」スピカは煙草に火をつけながら冷たく言う。「冷蔵庫に牛乳が残ってるよ。勝手に飲んでいいから。もう賞味期限過ぎてるやつだから、全部お前にやる」

「ひえ……」

スピカは、一人分のコーヒーをポットからカップに注《そそ》ぐ。

トミオミは、ついさっきまでスピカが眠っていたソファに腰を下ろした。「ああ、眠い眠い。どうです？　調子は」

「まあまあ」煙を吐きながらスピカは答えた。「そっちは？」

「ええ、まあ、なんとかデータは採れてますけどね……。阿竹さんがブレーカさえ飛ばさなかったら、今頃とっくに終わってたんですよ」

「ごめんごめん」スピカは笑いながら言う。「コーヒー半分あげようか？」

「ええ、じゃあ……」トミオミはにっこり微笑んだ。「言ってみるもんですね」

「案外、執念深いな、お前」

「本当は全然気にしてませんから……」

「今から寝るところ？」そう言いながら、スピカは別のカップにコーヒーを半分移し替えて、トミオミに渡した。

「そうだといいんですけどね……。十時からゼミがあるから、今寝たら、アウトです」

「なんで？」

「僕、睡眠は三時間が最小単位なんです」

「なあに、そんなこと言って、どうせゼミじゃぐっすり寝てる口でしょうが」

「うちの先生はね、畑中先生みたいに優しくありませんから。そんな、とてもとても」

石阪トミオミの研究室は、隣の防災工学専攻である。ドクタ・コースの一年、つまり、スピカの一年後輩だった。彼は、地面の常時微動の計測をしている。これは、交通振動が少なくなる深夜にしかできない。同じ理由で深夜に測定をすることの多いスピカの実験室へ、彼がよく遊びにくるのは、場所が近いのと、活動時間が近いという、その二点だけの理由である。他に近いものは一つもない。

「阿竹さん、救急車のサイレン聞きました？」

「え？　いつ？」

「明け方ですよ、四時頃だったかなあ」

「さあ、気がつかなかったけど」

「阿竹さん、寝てたんでしょう？」

「私、音楽かけていたから……」こんなことで意地をはる必要はなかったが、なんとなく、スピカはごまかした。「何？　近くなの？」

「ええ、たぶんキャンパスの中だと思いますよ。ほら、先週も、あったでしょう？」

トミオミが言っているのは、先週、学内で起こった暴行傷害事件のことだ。キャンパス内で女子学生が襲われた事件だった。スピカの大学のキャンパスは山手に広がっている。面積だけはやたらに広い。特に理工学系の実験施設は、森林の中にぽつんぽつんと建っているといった感じだった。その中でも最も奥まったところにあるのが、工学部の原子核関連の研究センタで、そこなどは、門まで歩いて十五分以上もかかる。学生の間では、「僻地《へきち》」とか「山の奥」などと呼ばれている。スピカのいる実験棟もそれに近い、かなり奥まったところにあった。確かに、夜は物騒だ。女性が一人で歩くのには多少勇気がいる。

もっとも、阿竹スピカは、そんなことを気にするような人間ではない。その傷害事件のことも彼女は詳しく知らなかったし、興味の対象外である。

スピカはコーヒーカップを持ったまま、実験室に戻った。トミオミも、半分わけてもらったコーヒーを持って、ぶらぶらと彼女についてくる。

「いいなあ、ここ広くって……」トミオミは上を見て言う。「今度、飛行機を飛ばしていいですか？」

「飛行機？」

「インドア・プレーンですよ。ゴム動力の模型飛行機です」

「だあめ。大事な機械にぶつかるだろう」

「あ、あそこ、ライトが切れてますね」トミオミは、高いところを指さして言った。「ほら、水銀灯が一つ……」

実験室は窓が小さいため、昼間でも照明がついている。トミオミが言うとおり、ライトが一つ黒くなっていた。

「あ、本当だ。事務に電話しとかなきゃ」

3

午後四時、事務官の島崎《しまざき》が作業服姿の若者を連れて、実験室に入ってきた。ちょうど、スピカはディスプレイと睨めっこしたまま、シャープペンを口にくわえ、デスクの上にジーンズの両足をのせたV字形の体勢で椅子に腰掛けていた。彼女は、慌てて足を下ろして立ち上がった。

「阿竹さん、ライトを直しにきてもらいましたよ」島崎事務官が近づいてきて言った。スピカの所属する学科の事務官なので顔見知りである。もう五十を越えた年齢だが、大学人らしい若さがある。

「あ、すみません。助かります」

島崎と一緒に来た大柄な作業服の男は、ちらりと天井を見上げてから、一度軽く頷くと、また出ていってしまった。何か、部品か工具でも取りに戻ったのであろう。

「実験、大変ですね」島崎はにやにやと笑いながら言う。

「ええ」

「最近、ずっと、泊まり込みじゃないですか?」

「先生には内緒にしておいて下さいね」

「そんなこと、先生方は、たぶんご存じですよ」

そのとおりだろう、と思ったので、スピカは肩を竦めて微笑んだ。

作業服の男が大きな箱とアルミの梯子《はしご》を抱えて戻ってくる。それを確認すると、島崎事務官は入れ替わりで出ていった。

スピカも、すぐにディスプレイに視線を戻す。

実は、彼女は一時間ほどまえに、奇妙な現象に気づいていたのである。これまでに記録した測定結果を丹念に調べてみると、今までに誰も指摘していない特徴的な弾性波の発生が検出されていたのである。一昨晩と、昨晩の結果のいずれにも、それが明瞭だった。

一つの記録にだけ現れたのであれば、単なる雑音の一種とも考えられるが、これまでに測定した四つの試験体のうち二つにその現象が観察されたことに、彼女は静かに興奮していた。

「何が原因か……」スピカは再びシャープペンを口にくわえて、独り言を呟《つぶや》いた。「載荷のサイクル数かな……、それとも、クリープかしら……」

腕組みをして、椅子に深々ともたれかかる。スプリングが音を立てて、椅子の背が限界まで傾く。彼女は、また両足をデスクの上にのせた。

実験室は吹き抜けで三階建ての天井高があるが、周囲の壁には、ちょうど三階の床の高さに、回廊のようにデッキが作られていた。それは、大規模な実験をするときの観覧席になるものだ。スピカが目の焦点を変えると、今そのデッキに、さきほどの作業服の若者がアルミの梯子を持って上がっていた。おそらく、大学に出入りの電気屋であろう。彼は、黒くなった水銀灯のところまで行き、梯子をセットし、それを上り始めている。スピカは高いところがあまり好きではない。見ているだけで少し気分が悪くなった。

彼女は目を瞑《つむ》って考えることにする。

今晩の測定結果を早く見たかった。もし、もう一度この現象が観測されたら……。これは、ひょっとすると面白いことになるかもしれない。しかし、発見するだけでは駄目だ。現象の記録だけでは無意味だ。何らかの根拠が必要である。何故、そのような現象が起こるのか、そのメカニズムを説明できなくては、認めてもらえない。

ほんの少し、彼女の思考が中断した。

「あの、終わりました」という聞き慣れない声で、彼女は目を開ける。

目の前に、背の高い若者が立っている。スピカはびっくりして起き上がった。

「あ、はい？」

「電気」男は上を指さして笑った。

作業服を着ている。ライトを交換しにきた電気屋である。スピカは振り返って天井を見た。水銀灯はすべて眩しく光っている。どうやら自分は眠っていたようだ、と彼女は気づいた。

「はい、ありがとうございます」スピカは微笑む。

「直ったって、事務の人に言っといてもらえますか？」男は言った。

スピカが頷くと、作業服の男はにっこりと笑って、出ていった。

4

夜十時、実験室に石阪トミオミが弁当を持って入ってきた。三十分ほどまえに、彼がコンビニに弁当を買いにいくと言いにきたので、彼女も自分の分を頼んでおいたのだ。

「阿竹さん、疲れてません？」

「なんで？」

「なんか顔色悪いから。大丈夫ですか？」

「そういうこと言わないぞ、普通」スピカはトミオミに小銭を渡しながら言う。「ちょっと眠いけど、まあ、夕方うとうとしたから、まだ限界じゃない」

「僕も、ここで食っていいすか？」トミオミは、少し離れたところにあった椅子を持ってきた。「上で一人で食ってると、なんか憂鬱《ゆううつ》になっちゃいますから……」

「いいけど、あまり話しかけないで」

スピカは、チャンネルを確かめながらケーブルのコネクタを差し込んでいるところだった。

トミオミは、黙って弁当を開けている。

彼女は、自分で作ったチェックリストにマークをつけ、指を差しながら、デスクの周囲を歩き回って、配線を確認する。それから、アクチュエータのバルブをゆっくりと開き、深呼吸してから、スタートボタンを押した。

「神様、仏様、私にお力を……」彼女は呟く。

トミオミがそれを聞いて大笑いする。

計測が開始される最初の電子音。

油圧ポンプの音に変化はない。

スピカは、弁当を両手に持って、やっと椅子に腰掛けた。

「あの、もう話しかけていいですか?」トミオミが笑いながらきいた。

「さっさと食べて、出ていきなさいよ」スピカは箸を口にくわえて割ってから言った。

「こっちは真剣なんだからね」

「すみません」

「今日は、どこで測定すんの?」

「ここのすぐ裏ですよ」トミオミは答える。彼はもう弁当を平らげて、缶コーヒーを飲んでいる。「今晩はずっと、ここの屋上にいますから、良かったら遊びにきて下さい」

「いくか」

スピカはディスプレイを見る。今のところ異状はない。

既に微小な荷重が作用している。あとはプログラムと機械を信用するしかない。

「いつも、ああやって、神様にお願いしてるんですか?」

「お前にお願いするより、ましだろ?」

「ひえ……」トミオミがオーバなリアクションで応える。

スピカは弁当を食べながらも、ずっとディスプレイから目を離さなかった。しばらくして、彼女が食べ終わると、トミオミが立ち上がり、ビニル袋に二人分のごみを入れた。

「さあてと……」彼は背伸びをする。「じゃあ、いっぱつ、ファイトでがんばってきますか……。どうもどうも、お邪魔さまでした」

「風邪ひかないように」スピカはディスプレイを見たままで片手を挙げた。

「あ、優しい！」

「とっとと行け」

トミオミは、ごみ袋を持って、実験室から出ていった。少しして、スピカは、出入口の鍵をかけに立ち上がった。

5

これまでの二晩、その特徴的な弾性波が記録された時刻には、彼女は居眠りをしていた。今夜は、どうしても、その瞬間を見逃したくなかった。もちろん、記録はすべて残っているので、眠ってしまっても、あとから調べることは可能である。しかし、やはり直接、観察したい。

午前二時を少し回った頃、彼女が待っていたそれが来た。

ディスプレイに低い周波数のスペクトルが突然現れた。

「きたきた……、きましたよ」スピカは立ち上がって、トランジェントメモリのデジタル表示を見た。すべてのチャンネルが、レンジぎりぎりの振幅を示している。

「凄い！」

スピカは独りで手を叩く。

「そうか！」彼女は閃いた。「一度開いたクラックが癒着《ゆちゃく》しているんだ」

自分の思いつきに満足して、飛び上がるほど嬉しかった。

躰が硬直する。

「ありうる。ええ、ありうる……」

念のため、レンジを十パーセント絞った。

そのとき、シャッタの横の通用口のドアが、がんがんと音を立てた。誰かが外からノックしているのだ。

「あの馬鹿が！」スピカはそう吐き捨てながら、ドアに駆け寄る。

ロックを外し、ドアを押し開く。彼女は外に向かって叫んだ。

「帰れ！　今、いいところなんだから！」

当然、そこに石阪トミオミが立っているものと思っていたが、相手は違う男だった。

スピカは、びっくりした。

「あ、あの、ごめんなさい」彼女はそう言いながら、慌ててドアから出る。

外の空気は冷たい。

実験室の前は駐車場だったが、車は一台もなかった。

暗闇に立っていたのは、体格の良い男で顔はよく見えない。

「申し訳ありません」男は頭を下げながら小声で言った。「私は警察の者です。ちょっと、捜査中でして……」

スピカは軽く頷いた。「捜査？」

「ええ、この一週間くらいの間に、この近辺で三件も深夜に暴行事件が発生してます。ご存じでしょう？」

「あ、いいえ。私は……」

「はあ、そうですか」男はそう言いながら辺りを見渡す。「昨日から、二、三人で張っているんです」

「はあ……」

「中に、何人かいらっしゃるんですか？」男はドアの中を覗き込みながらきいた。「つい、さきほどなんですが、この建物の付近を男が一人うろついていましたので」

「あ、それ、私の友達です」スピカは言った。「ええ、その、彼は地面の振動を測定しているんです。今は、きっと、ここの屋上にいると思います」

「この中ですか？　階段は？」

「いえ、あちら。裏に回って下さい。ここは実験室だけです。こちらからは行けません」

「貴女、お一人ですか？」

「え、ええ」

「いつ頃、お帰りになりますか?」

「私は、今日は帰りません」

「ああ、それがいい」男は頷きながら無表情で言った。「この先の道が危ないんです。まあ、そこはちゃんと見張ってますけどね……、ええ、じゃあ、これで……」

「ご苦労さまです」

「ドアの鍵をお忘れなく」男はそう言って、闇の中に消えていった。

スピカは、ドアを閉めて、すぐ鍵をかける。

今度は電話が鳴った。

「もう!」独りで叫びながら、彼女は柱に取り付けてある電話に駆け寄る。

「もしもし!」スピカは言う。

「うっわ、どうしたんです? ご機嫌悪いですね」トミオミの声である。

「バイバイ、忙しいんだから!」

「あ、あ、待って下さい、阿竹さん。真面目な話!」

「何……、明日じゃいけないわけ?」スピカは、相手に聞こえるように大きな溜息をついた。

「たった今なんですけどね、阿竹さん……」トミオミは急に真剣な口調になる。「何か重たいものでも、落としたりしませんでしたか？」

「重たいものぉ？　知らないよ、そんなの」

「おっかしいなあ……」トミオミが不服そうな声を出す。「揺《ゆ》れたんですけどね……、確かに……」

「警察の人が来たけど、それ？　ここのドアをがんがん鳴らしたから、それじゃない？」

「警察？　ああ、そうそう、張り込みしてるみたいですね。夕方、目つきの悪いやつを見かけましたよ。でも、ドアくらいじゃ、揺れないすよ、地面は」

「じゃあ、どれくらいで揺れるの？」

「まあ……、阿竹さんが、二メートルジャンプしたくらいかな。阿竹さん、体重、五十キロはありますよね？」

「馬鹿！　何考えてんの」

「いえ、五十キロで二メートルってのは、根拠のある数字なんですよ。冗談を言っているんじゃありません」

「もう、私、手が放せないんだから……、じゃあね」スピカは受話器を置いた。

彼女が急いで測定器のあるデスクに戻ったときには、例の波形は消えていた。

「まったく、もう！」デスクを一度叩き、独りで叫ぶ。「どうして、みんなして邪魔するのよう！　ああ、もう！」

それから、スピカは前髪を掻き上げると、意識して深呼吸をする。彼女は、準備室にコーヒーを淹れにいくことにした。

6

「癒着?」畑中助教授は高い声を上げる。「いや、まさか……」

「いえ、それ以外に考えられません」スピカは続ける。「繰り返しの応力が通常の速度で作用している場合には、観測できないんです。私くらいゆっくりと載荷をした例は、これまでには報告されていません。ですから、おそらく、この低速載荷の条件に特有の現象だと思います」

「常温で起こるかな?」

「温度は材料固有の条件で、絶対的な指標ではありません」

「固液連続体の構造破壊のようなもの?」

「あるいは」

「採れているデータ数は?」

「今のところ五本のうちの三本」スピカは自慢の表情を隠して答えた。今朝の測定でもやはり観測されたので、再現率は六十パーセントだった。「もし、これが確かなものだとしたら、設定温度も変えて、もっと沢山やってみたいと思っています」

　実験棟からは少し離れている研究棟の三階に、畑中助教授の部屋はある。スピカは、早朝、測定データを急いで整理し、畑中の出勤を待っていた。彼の車が見えたので、彼女はファイルを抱えて飛び出してきたのだ。

「位置は？　一度クラックが発生した箇所？」畑中は腕組みをして、デスクの向こう側からスピカに鋭い視線を向けている。

「それは、その……」スピカは痛いところを突かれたと思う。「あの、まだ、そこまではデータ整理ができていません。明日には用意できます」

「わかった。じゃあ、それを見て、もう一度議論しよう」畑中は微笑む。「僕は……、どうも、まだ信じられないけど、まあ、本当なら非常に面白い」

「はい、では明日の朝、お願いします」スピカはそう言うと立ち上がり、頭を下げてから部屋を出た。

　畑中助教授を説得するには、やはり詳細な分析結果が不可欠である。それは彼女にも初めからわかっていた。だが、どうしても早く自分の発見を聞いてもらいたかったのである。

　スピカは、階段を下りて中庭を歩いていくとき、スキップがしたくなるほど、気持ちが軽かった。

　問題の弾性波が発生している位置がどこであれ、あの荷重レベルでクラックが発生すること自体が特異な現象なのである。彼女の仮説はまず間違いないだろう。あとは、その発生の条件を絞り込むだけだ。

今夜、六本目の試験体で測定しながら、これまでのデータを整理しよう、と彼女は考えていた。それには、どこかからノートパソコンを一つ借りてくる必要があった。

自分の実験室には入らず、スピカは、そのまま実験棟の裏手に回り、裏口から中に入った。そこは、下りの階段にロープが張られ通行禁止になっている。彼女は暗い階段を上った。この階段で、彼女の実験室の真上にある四階に上ることができる。

四階には、小さな計測室が五つあった。散らかった廊下を進み、軽くノックしてから、彼女は一番奥のドアを押し開けた。

「石阪君？」スピカは声をかける。

石阪トミオミが、低いスチール棚の向こうから顔を出した。どうやら、そこで寝ていたようだ。髪の毛が逆立ち、片方の目は開いていない。

「ひえ……、阿竹さんですか？」

「私よ、石阪君」

「気持ち悪いなあ……。どうしたんです？　しゃべり方が変じゃないですか」

「あのさ、ノート貸してくれない？　パワーブックが一台あったでしょう？」

「え？　今すぐにですか？」トミオミは頭をゆらゆら振りながらきいた。

「うん、そう。今夜一晩だけ、お願い」

「あ、駄目ですよ、僕、ノートは測定に使ってるんですから」トミオミは高い声で言った。ようやく目が覚めたようだ。

「だって、古いのがもう一つあるでしょう?」

「あれは、画面が白黒だから……。その古い方のなら貸しますよ」

「あれは計算が遅いから駄目……。わかった。もういいよ」スピカは、肩を竦めてドアへ向かう。「じゃあ、他で借りてくる」

スピカはドアを開けて通路に出た。

「あ、阿竹さん!」

部屋の中からトミオミの声が聞こえたので、スピカは閉めようとしたドアをすぐ開けた。

「貸しますよ、貸しますって……」トミオミは、顔をしかめながら言う。「もう……、阿竹さん怒らすと、あとが怖いから……。そこの持ってって下さい」

スピカは微笑む。「なかなか学習したじゃない」

7

データ整理用のマクロ(簡易なプログラム)を書いているうちに、生協の食堂は閉まってしまい、今夜もスピカは温かい夕食を食べ損なった。

午後九時半、いつものように、石阪トミオミが現れる。

「阿竹さん、弁当は？」彼は、通用口から顔だけ出して大声できいた。「いりますか？」

「お願い！」スピカは片手を挙げて答える。「何でもいいよ」

トミオミは頭を引っ込める。また、コンビニに行くのである。彼の場合、夕方に食べるのが昼食で、夜中に食べるのが夕食なのだ。スピカは空腹を感じていたので、トミオミがいつもどおり注文を取りにきてくれて内心ほっとした。

ちょうど、波形を拡大して図形出力するマクロが動き出した頃、トミオミが戻ってきて、弁当を一緒に食べた。

「今日も、警察がいますね。正門の外にパトカーが停まってましたよ」

「ふうん」スピカは無関心な表情で答える。「暇な人たちって沢山いるんだ」

「今日は、何してるんです？」

「秘密……」スピカはノートパソコンのディスプレイを見ながら微笑んだ。

「ご機嫌じゃないすか」トミオミは鼻で笑った。「やっぱ、笑ってる方が、阿竹さん魅力的ですよ」

「そういうものの言い方が、お前の悪いところなんだ」スピカは、トミオミを見て真剣な表情になる。「ノート貸してくれたから、お礼の代わりに親切で教えてやるけどね……。いい？　そういう女性を見下した言い方が、そのうち命取りになるよ。あんたの人生に将来きっとマイナスになる」

「え？　見下してますか？」

「気がつきな、それくらい」

「さあ、仕事、仕事」トミオミは笑いながら、立ち上がった。「おっかしいなあ、僕は完全に見下されてると思ってたけどなあ……、ああ勉強になる、本当、勉強になります」

トミオミが通用口から出ていくと、スピカは、ちょうど十時をさしている腕時計を見ながら、ドアの鍵をかけた。

今夜は少し暖かいようだ。ガスストーブをまだつけていなかったが、寒くはない。

六本目の試験体の計測は既に始まっていた。もう、プログラムのバグもとれて、手放しで測定機器が働いてくれている。彼女は、トミオミから借りたノートパソコンで、昨日までのデータの解析を始めた。

試験体にセットされたすべてのセンサが、まったく同時に弾性波をキャッチするわけではない。ほんの少しだけ時間差《タイムラグ》がある。それは、試験体の内部でクラックが発生した位置によって、各センサまでの距離がそれぞれ異なるからだ。つまり、マイクロ秒というオーダの僅《わず》かなずれが、弾性波の発生した位置を割り出す重要な情報となる。

彼女は、問題の特殊な波形を、個々のセンサごとの膨大な記録データから見つけ出す作業をコンピュータにさせていた。しかし、最終的には人間の判断が必要になる。波形をグラフに表示させ、それが同じクラックによるものかどうかを判断するのは、人間の経験的な勘なのである。どんな表情をしていても人の顔が識別できるように、人間の図形認識能力は、コンピュータの演算レベルをはるかに凌《しの》いでいるからだ。

三時間ほど、この単純な作業にスピカは没頭した。

ようやく、幾つかのサンプルを選び出して、発生源の位置計算をさせてみたところ、まったく予想外の結果が出てきた。

「え？　そんな……」彼女は独りで呟く。

もう一つ、別のサンプルを計算させたが、そちらも同じ結果だった。さらにもう一つ。それも同じである。

特異な弾性波は、セラミックス試験体の内部から発生したものではなかった。外部から入ったものだ。

つまり、まったくの雑音。

スピカの頭の中は真っ白になる。

ショックだった。

無意味なデータを採ってしまったのだ。

「ああ……、じゃあ、なんなの、これは……」また独り言を口にする。「え、え、いったい……、なんなの？」

電話が鳴った。

スピカは考えながら、ゆっくりと電子音の鳴る方へ歩く。

「もしもし」スピカは受話器を取った。

「阿竹さん、また、揺れてますけど」トミオミの声である。

「悪いけど、私それどころじゃないの、今……」

「なんか変なんだなあ。この建物、どこかで機械が動いてないですか？」

「私の油圧ポンプ？」

「いえ、もっと断続的なんですよ。ハンマみたいな感じのパルスですね……、あ、また、今も……」

「パルス？」

「ええ、減衰のしかたからみて、かなり近いんだけどなあ……。阿竹さん、金槌《かなづち》で呪い人形とか打ちつけてませんか？」

「切るよ」スピカは冷たく言う。

「あ、あと三十分くらいしたら、ちょっと、そっち行っていいですか？」

「いいよ、コーヒー淹れたげる」

「優しい！　じゃあ」

スピカは実験室の中央に戻った。

なにげなく、計測用のパソコンのディスプレイを見てみると、ちょうど、例の特異な周波数の波形が現れていた。

そう言われてみれば、確かに断続的なパルスだ。

スピカは、すぐに決断する。

急いで予備の四つのセンサをカップラに入れ、デスクの反対側に回って、空いているチャンネルにコネクタを接続した。それから、少し考えて、ケーブルを延ばし、実験室のコンクリートの床に三つ、近くの柱には一つ、それらのセンサをガムテープで固定する。それぞれ三メートルほど離れた位置に四つのセンサがセットされた。これらの作業を彼女は大急ぎでした。三分ほどで完了する。

トランジェントメモリのトリガスイッチを片手で持ったまま、パソコンの画面を見る。彼女はタイミングを計って、スイッチを押し上げた。急いで、ケーブルを二本、別のアダプタに接続し直して、パソコンの前に座った。

A／D変換後のデータがパソコンに流れ込んでくる。すぐ波形を画面に出力して位相を確認する。自分で座標を決めて、セットしたセンサの位置を目分量で入力した。

さきほどのマクロを実行し、パルスの震源を計算させる。

答はすぐ表示された。

x、y、zの三つの数字。

驚くべきことに、zがマイナスだった。

震源は床の真下なのだ。

彼女のいる実験室のほぼ真下。正確な深さはわからない。数メートルである。

スピカは、コンクリートの床に寝そべって、自分の耳をコンクリートにつけた。

何も聞こえない。

冷たいだけだ。

「地下？」と自分で口にしたとき、思い出した。

実験室には地下がある。

そう、確かに地下室があった。

金属加工ができる大型の工作機器がある部屋と、倉庫、それに機械室だ。しかし、そこは何年もまえから使われていないはずである。

スピカは通用口のドアを開けて、外に出た。

地下へ下りる階段は、石阪トミオミの計測室に上がる裏口にある。彼女は建物を回って、そちらに走った。

裏口から足を踏み入れると、そこは、とても暗かった。地下に下りていく階段には、ロープが張られている。

ふと、四階か屋上にいるトミオミを呼びにいこうかと考えたが、上がるのが面倒だったし、状況を彼に説明するのも億劫《おっくう》だった。

一人でロープを乗り越え、暗い階段を下りた。

スピカは、そこが初めてだ。

階段は真っ暗だった。

地階の通路は、壁の高いところに小さな窓があった。おそらく、地面ぎりぎりの高さなのであろう。僅かな光がそこから漏れているだけだ。

通路の先が明るい。

一番奥の部屋のドア。

そのドアの小さな磨りガラスの窓。

それが、ほんのりと光っていた。

(迷惑な話だ……。いったい、何をしてるんだろう?)

腹が立つ。

おかげで二日間も時間を無駄にしたのだ。

なんとなく、音を立てないように、彼女はドアまで近づいた。

ごんという鈍い音が聞こえる。

彼女はドアのノブに手をかけた。

そして、ドアを引く。

ぎいという音。

部屋の中に白熱電球が一つ光っていた。

「あの、上で実験している者なんですけど」スピカは声を出す。

黒い人影がその中にあった。

彼は、びくっと震えてスピカの方を振り向く。

暗くて顔は見えない。

「ここで、何をしてるんですか？　振動が入ってるんですよ、上に……」

人影は黙っている。

スピカは中に入った。

部屋はそれほど広くない。大きな旋盤だろうか、電球の光で、油と埃にまみれた表面が浮かび上がっている。

奥は真っ暗だった。

男が立っているのは、中型のプレス機の前。

ライトの中で、細かい金属が山積みにされて光っている。

「あの、こんな時間に工作しなくちゃいけないんですか？　ここは、今は使わないことになってると思いますけど、もしかして無断ではありませんか？　どこの学科の方ですか？」

そのとき、男が少し動いた。

電灯の光で顔が見えた。

それは、見覚えのある顔。

しかし、すぐには思い出せなかった。

いや、そんなことよりも、男の表情が、なんとも不自然だったのだ。

彼女は息を止めた。

男の顔は、泣いているようにも、笑っているようにも見える。

それが不自然だった。

急に、男の速い呼吸が聞こえてくる。

男がスピカの方へ少し動いた。

彼女は、一歩下がる。

一瞬の沈黙があり、彼女は唾を飲み込んだ。

スピカは、咄嗟《とっさ》にドアから外に飛び出す。そして、暗い通路を急いで戻った。階段を駆け上がり、外に出る。

振り返るのが恐ろしかった。

彼女は走った。

建物を回り、大急ぎで自分の実験室の中に駆け込むと、すぐに鍵をかける。

恐ろしかった。

確かに、恐ろしかったのだ。

しばらくの間、スピカはドアを背にして、そのまま動けなかった。

額から汗が流れている。

何だったんだろう？

あれは……。

あの異様な男は……。

何だったんだろう？

まだ、鼓動が速い。

少し落ち着いて、深呼吸をする。スピカは、実験室の中央まで歩いていった。石阪トミオミに電話しようか、と考える。けれど、どう説明したら良いだろう。実験棟の地下室に変な男がいて、プレス機を動かしている。それが、トミオミとスピカの計測に影響しているのだ。再び、スピカは腹が立ってきた。

（まったく……、どうなってんの。オペラ座の怪人じゃあるまいし……）

ガラスの割れる音がした。

音は近い。

準備室の方だった。

スピカは、そちらに行こうとして、一歩進んで立ち止まる。
彼女は戦慄する。
準備室から人が出てきたのだ。
それは、あの男。
準備室の窓ガラスを割って入ってきた？
尋常じゃない。
汚れた作業服をだらしなく着ている。
片手から血が流れている。
恍惚《こうこつ》とした異様な表情。
首が不自然に、僅かに傾いていた。
この異様な男は……。
何なんだろう？
スピカは悲鳴を上げた。

8

男は、ゆっくりとスピカに近づく。

彼女は動けなかった。

ふと、我に返って、もう一度大声で悲鳴を上げる。

彼女は、通用口に向かって走り出す。

男がダッシュして、途中で彼女を捕まえようとした。

スピカは床に倒れ込む。

男は飛び退くようにして彼女から離れ、面白そうに笑った。

まだ笑っている。

彼女はまた走り出す。

男は少し遅れて追ってくる。まるで、小さな子供に通せんぼうをしているように、男は楽しそうに、おどけて、息を弾ませている。

スピカは折り畳みの椅子を持ち上げて、男に投げつけた。彼は、真っ赤に血で染まっている片手でそれを簡単に払いのける。

何か武器になるものはないか……。

振り返ってデスクの上を見たとき、後ろから男が抱きついてきた。

もの凄い力だった。

スピカは息ができなくなった。

もがいても、なんともならない。

男の顔が、後ろから彼女の耳もとに近づく。

男の吐息が恐ろしかった。

熱い。

スピカの片手が、デスクの上の瞬間接着剤に触れた。彼女は、それを男の顔にめがけて思いっ切り絞り出す。

一瞬、男は力を緩める。

彼女は、倒れるように拘束から逃れた。

床を這《は》って、デスクの下から反対側へ逃げる。

振り返ると、男は自分の顔に手を当てていた。接着剤が片目に命中したようだ。

もう、彼は笑っていなかった。

獣のような唸り声を上げた。

恐ろしい声。

二人の間にデスクがある。

男は、目の前のデスクの上にあったノートパソコンをもの凄い勢いで払いのけた。何メートルも遠くまで、それは弾き飛ばされ、プラスチックが割れる音がした。

男はそのデスクの上に飛び乗った。

スピカは再び、デスクの下に潜り込む。

男がどの方向に飛び降りるか……。

彼女は待つ。

デスクの上で、男はタップダンスのように足を鳴らした。

スピカは、素早く周囲を見る。

男はまだ、彼女の真上で踊っている。

下りてこない。

実験室の端には工具が並んでいるスペースがあった。そこまで走ることができれば、何か武器になるものがある。彼女は、周りに注意を集中しながら考えた。しかし、たぶんそこへ行き着くまえに捕まってしまうだろう。トミオミが来てくれないか……。それも考えた。電話することができれば……。

デスクの上が急に静かになった。

速い呼吸をしている自分に、彼女は気がつく。

どうしたのか？

男は下りてこない。

彼女が飛び出すのを待っているのか？

飛び出したら、上から襲ってくるつもりなのか。

突然、スピカの目の前に、男の顔が現れた。

短い悲鳴を上げ、彼女はデスクの反対側に身を引く。

男はデスクの上に首を引っ込めた。

スピカの肩が呼吸で大きく上下する。

息が苦しい。

デスクが男の動きで軋《きし》んだ。

遊んでいるのだ。

男は遊んでいる。

彼女は、突然の思いつきで、飛び出そうとした。

しかし、思い留まる。

そして、もう一度、自分の呼吸を意識した。

(落ち着いて、落ち着いて、落ち着いて)

彼女は決断する。

「神様、仏様、私にお力を」

スピカはデスクから飛び出し、すぐにUターンして、デスクの下に戻った。男は、案の定、デスクの上から飛び降りた。

スピカは、もう何も見なかった。

彼女はデスクの下を通り抜けると、反対側へ飛び出し、一目散に駆け出した。

後ろで、男の高い叫び声。

彼女は、電気ストーブまで走る。

そのスイッチを押した。

そして、すぐにまた駆け出す。

男が追いついてきて、彼女に迫ろうとする。

彼女は太い柱の反対側に逃げ込む。

そのとき、がしゃんと軽い音がした。

同時に、部屋中の照明が消えた。

何も見えなくなる。

スピカは咄嗟に息を殺して、すぐに移動する。

相手の位置はだいたいわかった。男の歩く音が聞こえたからだ。数メートルは離れている。彼は、突然の停電に、慌てているようだ。低い呻き声さえ聞こえた。

屈んだまま、少しずつ彼女はシャッタの方へ向かった。

窓から入る微《かす》かな光で、少し離れた部屋の半分は僅かに明るい。しかし、彼女がいる辺りはほとんど何も見えなかった。

だが、目が慣れてくれば見つかってしまう可能性がある。

大きな音が近くでした。

何かが飛び散った。

続いて、また音がする。

男は手当たり次第、周りのものを投げつけているようだ。

彼女にはそれは好都合だった。こちらの位置がわからない証拠だし、その音に紛《まぎ》れて、早く移動することができる。

スピカの近くでまた音がして、飛んできたものが彼女の足に当たった。折り畳みの椅子のようだ。

彼女は声を上げなかった。

実験室のどこに何があるのか、スピカは知っている。

目を瞑《つむ》っていても歩くことができるくらい、彼女はそこをよく知っている。地の利は彼女にあった。

通用口まであと五メートル。

そこまで来たとき、ドアを叩く大きな音がした。

「阿竹さーん！」

トミオミの声が外から聞こえる。

「もう！　阿竹さん！」

男が走ってくる足音。

スピカは、身を屈め、近くの油圧制御盤の脇に身を潜《ひそ》める。

「阿竹さん！」トミオミの大声。

ドアのところまで男が来ているのが気配でわかった。

スピカはドアに近づけなくなる。

トミオミさえ来なければ、逃げられたのに……。

ロックを外す音。

男がドアを開けたのだ。

扉の周辺が少し明るくなる。

「もう！　今度ばっかりは、僕だって怒りますよ」トミオミが笑いながら入ってくる。

トミオミの呻き声。彼は、ドアの内側に倒れた。

それを見て、スピカは飛び出した。

彼女はトミオミを蹴《け》りつけている男に体当たりした。不意を突かれた男はシャッタにぶつかり、大きな音を立てる。

トミオミが立ち上がった。

「阿竹さん、逃げて！」

トミオミが、男に飛びかかる。

彼女は思いっきり悲鳴を上げた。

ドアのすぐ横にモップがあった。彼女はそれを摑《つか》み、もみ合っている二人の男たちを見る。

トミオミの上にのしかかっている男の頭に、思いっ切りモップを振り下ろす。

鈍い音がした。

もう一度、モップを振り下ろした。

男が、ようやくトミオミから離れる。

スピカはトミオミを起こし、ドアの方向に引っ張った。

二人は、通用口から外に出る。

走った。

後ろを振り向くこともできない。

五十メートルほど走ったとき、反対方向から二人の男が駆けてきた。

「助けて!」スピカは叫ぶ。「助けて!」

男たちは、彼女の方に近づく。「どうしました?」

一人は昨夜の刑事だった。

「あそこ! あの中!」

9

午前十時頃、スピカは準備室でソファにもたれてコーヒーを飲んでいた。

いろいろなことがあったが、彼女はもう何も考えたくなかった。石阪トミオミは、病院からまだ帰ってこない。

準備室の割れた磨りガラスの窓には、今は段ボールが当てられ、ガムテープが貼ってある。午後には、直しにきてくれると、島崎事務官がついさきほど言いにきたところだった。

ドアがノックされ、彼女が返事をすると、包帯を頭に巻いた石阪トミオミが入ってきた。彼は、スピカの顔を見てにっこりと笑った。

「ここ座って」スピカはソファから立ち上がる。「コーヒー淹れたげるわ」

「ひえ……」トミオミは肩を竦める。「どういう風の吹きだまりでしょう」

「吹きまわし」スピカはゆっくり言う。「どんな具合？　怪我は……」

「ええ、まあ、そこそこっていうか、恥ずかしくないくらいには」

「どういう意味？」

「レントゲン撮ってもらいましたけど、骨折はなかったみたいです。大丈夫でした」

「案外、頑丈なんだ」

「あいつ、電気屋だったんですって？」

「そう、昨日だったか、そこのライトを替えにきた人だよ」スピカはポットのお湯をフィルタに注いだ。「ああ……、もう、思い出しただけで、気持ちが悪い」

「地下で何をしてたんです？」

「知らないわよ」

「あ、いいですね……」トミオミは笑う。「その言葉、女らしいじゃないですか。じーんときちゃうなあ。もう一回言ってくれません？」

「心配しなくても、元気そうだな」スピカは鼻息をもらして溜息をつく。

「プレス機を動かしてたんでしょう？」

「イヤリングとかアクセサリィを造っていたんだってさ。島崎さんの話だけどね。女の子襲って、イヤリングをコレクションしている奴なんだって。馬鹿みたい」

「僕はまた、販売機用に偽の五百円玉でも作ってたのかと思いましたよ」

「ああ、その方がまともだな」そう言いながら、スピカは自分の片耳のイヤリングを触った。

トミオミにカップを渡す。

二人は黙って、コーヒーを飲んだ。

彼女はまた溜息をつく。

「阿竹さん、でも、やっぱ、ショックだったでしょう?」

「当たり前じゃない。パソコンは壊されるし、自分でブレーカ飛ばしといて文句は言えないけどさ、試験体も、一晩のデータも、ぜーんぶパアなんだから」

「それは、僕も同じです」

「悪かったわ」

「あ、別に怒ってませんから」

「そう、まあね。そんなの、また取り戻せるから」スピカは少し微笑んでみせた。「でもなあ……」

「取り戻せないものがあるんですか?」トミオミは真剣な表情できく。

「うん……」

「え? 何です?」

「あの音……」スピカは苦笑いした。「ああ、空前の大発見だと思ったのになぁ……。なーんか、もう、目の前でプレゼント取り上げられちゃったみたいでさあ……。がっかり」

「慰《なぐさ》めてあげましょうか?」

「どうやって?」

「いつもより高い弁当を買ってきますよ」

「幸せだね、あんた」

事実、この事件のおかげで、阿竹スピカは五年も損をした。

彼女が疑っていた弾性波《だんせいは》の発生も癒着《ゆちゃく》現象も、本ものだったのである。

もし、この事件がなかったら、その弾性波発生のメカニズムは、セラミックスの注目すべき特性として、彼女自身によって学会に報告されていた。その場合、きっと「阿竹効果」と命名され、広く当該分野に知れ渡ることになっただろう。

再び同様の実験を行ったとき、彼女は偶然それに気がつくことになる。神は見放さなかった。

その現象を再発見し確認するまでに、結局、スピカは五年もかかったのだ。それでも、彼女が最初の発見者だった。

これが、セラミックスの「石阪効果」と呼ばれている現象である。

やさしい恋人へ僕から

To My Lovely

スバル氏の本名は、ここでは伏せておこう。

そんなのって、大して重要なことじゃないからね。

僕は、人の名前がどうでも良いものだといっているんじゃない。名前はとても大切だよ。うん、人間って、結局さ、自分の名前のために生きているといったって良いと思うな。岡本太郎ほどはオーバってわけじゃないだろう？　あれ、そんな言い方って、僕の歳がわかってしまうから、言いたくなかったんだけど……。

スバル氏に初めて会ったのは、僕が、大学の二年生のときの夏だね。どうして夏だって断言できるかっていうと、大阪まで僕の車で出かけていったとき、めちゃくちゃ暑くってさ……、もちろん、僕の車にはカークーラなんて贅沢品はついてないしね、できるだけ赤信号で停まりたくなくって、事故りそうになったくらいで、何回も危ない目に遭ったことを覚えているからなんだ。僕は、その頃、三重の鈴鹿峠《すずかとうげ》に上るハイウエィで覆面パトカーにパッシングして追い越しちゃって、免停になったあとだったから、そう、ずいぶん、無茶な運転をしていたんだな。だけどさ、その覆面ってやつさ、自転車より遅かったんだから、まったく嫌になるだろう？　まあでも、今思うと、冷や汗が出るっていうのかなあ……。えっと、冷や汗って、実際には経験ないけどさ、言葉のあやだから……。

とにかく、若いときの自分って、どうしてあんなに血圧の上がるようなことばっかりやってたんだろうって、心底思うのは本当。

そんときまでさ、大阪なんて行ったことなかったよ。

で、どんな街かなって、ちょっと興味があったんだけど、別段、大したことはなかったね。

人がいっぱいで、それなのに全然秩序ってものが感じられないっていうのかな。地下街なんて、右側通行なのか左側通行なのか、いったいどこを歩いて良いのか全然わからないし、たとえばさ、厚化粧して綺麗な服着てるお姉さんたちが、水牛の群みたいになって、汚い自転車とかに乗ってたりしてる街なんだ。ま、一言でいえば、そんな街。なんか、誰もが、自分自身まで他人ごとみたいに錯覚してしまうところなんだと思うよ。うん、そもそも都会ってもの自体がそんな印象だから、しかたないか。

梅田《うめだ》の阪急だか……、よく知らないけどさ、ファッションビルの中にシンシン堂って名前の本屋があってね。シンシンってところは、本当は漢字だよ。だけど、なんか小難しい漢字じゃなかったかなあ……。漢字って苦手だからね。無理しないことにしてるわけ。

そこの本屋の奥にある喫茶店で、僕はスバル氏と会った。

スバル氏は、黄色のTシャツで、もの凄《すご》いどぎつい英語が書いてあったっけ。外国人がそれ読んだら、レイプされても文句は言えませんってやつだったよ。それにぶっかぶかのジーパンを穿《は》いていて、ベルトの代わりに紐を腰に巻き付けていたね。たぶん、それがオリジナルのファッションのつもりだったんだろうけどさ、まあ、単に貧乏なだけってふうにも見えると思うよ。

　僕は、そこへ行くまえに、裏通りの屋台みたいなところで、寿司の弁当を買って、それ、歩きながら食ったんだけど、まったそれが、どうしようもない。もう発狂しそうなくらい不味《ま》くって不味《まず》くって……。一応、全部食べたけどね。うん？　発狂はしなかったよ。でも、とにかくさ、大阪の寿司なんて、金輪際《こんりんざい》食べてやらないって誓ったあとだったから、たぶん、スバル氏と会ったときも、僕は不機嫌な顔をしていたと思う。

　スバル氏は、髪の毛が金色だった。それは、もちろん染めているわけだよ。若白髪を隠すためだって本人は言っていたけど、どうかな、それにしては、やり過ぎってもんだよね。どう見たってさ、得体《えたい》の知れないパンク系って感じ。うん、そう、そういえば、あれパンクだったんだ、服装とかもさ。知らない奴だったら、絶対声かけないってタイプだね。でもまあ、きまってるっていえないこともなかったと思うよ。うん、僕としてもね、第一印象は、松竹梅の松。これ、古い？　いや、上位十パーセントにランクしても良いと思ったよ、正直いってさ。

　なにしろ、スバル氏って魅力的なんだ。アトラクティブっていうのかなあ。はは、それじゃあ同じか……。

　だいたい普通の人だったらね、道なんかで、こう、すれ違ったってさ、一秒も見たらもう充分だと思うでしょう？　それがさ、スバル氏を街で見かけたら、もう、誰だって、絶対に目が離せなくなるから……。約束するよ、本当。何故かっていうとね、それは、スバル氏が男なのか女なのか、外見じゃあ、ちょっと見分けがつかないからなんだ。そういうのって、やっぱ落ち着かないものだろう？　落ち着かないって、良い表現だね。自分でいうのもなんだけど。

ああ、あの人は男だ、あの人は女だ、なあんていって、別にさ、かぶと虫じゃないんだから、いちいち判別したって、どうなるってわけじゃないけどね。でも、一応さ、性別がわからないと、あれ？　とか、おや？　って思うよね。どういうわけか、そのままにしておけないだろう？　そんなことない？

もちろん、僕は、そんときスバル氏と一緒に二時間も話をしたわけだからね、そのあとも、ずっと一緒だったんだし、男女のどちらかなんてすぐわかったけど、まあ、これ面白いから、このまま、スバル氏の性別を書かないでいっちゃおう。うん、これはなかなか面白い趣向？　趣向っていうんだっけ？　それそれ。

でもなあ、それくらい、本当、マジでさ、スバル氏って不思議な感じだったんだ。断言するよ。

なんていうのかな、存在自体が、もうハイパなんだよね。もとから超えてるみたいなふう。

ちょっと長めのボーイッシュなヘアスタイルなんだけど、顔は女の子みたいだし、女性にしたら背が高いかもしれないけど、男性にしたら華奢《きゃしゃ》な感じなんだね。つまりはニュートラルなんだな。まあ、近づいてじろじろ見たって、きっとわからない。うん、この僕が保証するよ。

えっと、スバル氏は、コーヒーがあまり好きじゃないみたいだったね。

その喫茶店で、僕はもちろんホットコーヒーを飲んだんだけど、スバル氏は、確か、ヨーグルトなんとかってやつじゃなかったかな。ほら、その手のさ、ねばねばしたヘルシィな代物《しろもの》あるだろう？　あれだったと思うよ。それにしては、煙草とかばんばん吸っていたから、別に健康に気をつかっているってわけでもなさそうだったけど……。

「篠原《しのはら》さんですね？」そう言って、スバル氏は僕のテーブルに近づいてきたんだ。そんときはさ、よく僕がわかったなって思っちゃった。あ、言い忘れたけど、篠原素数《もとかず》っていうのが、僕のペンネームなんだ。

「ええ」って僕は頷いて、返事して、スバル氏を五秒くらい注目してたんじゃないかな。

「こんにちは」ってスバル氏はテーブルの向かい側に座りながら言った。もう、なんとも可愛らしい感じでさ、それだけで、僕はまいっちゃったよ。

「あの……、よく僕だってわかりましたね」ほら、僕はけっこう落ち着いた振りをしてるわけね。で、不思議に思ったことをきいたんだ。

「ええ、想像どおりの方《かた》でしたから」とか、スバル氏は澄まして言うわけ。いやあ、どう？

「方」だからね。「方」っていうのが凄いだろう？　もう、この言い回しだけで悩殺ものだよね。弱いんだなあ、僕って、こういうさ、上品な言い方に。

ところで、どうして僕が、わざわざ大阪まで行って、スバル氏に会ったのかって話をしなくちゃいけないよね。それを忘れていた。まあ、元来いい加減なんだ。そういうぽっかり屋なんだ、僕ってね。

その頃、僕は漫画同人誌でけっこう有名なペンマンだったんだよ。有名っていったって、そりゃ程度は知れているけどね。でも、そうね、一週間に一通はファンレターが来たりするくらい。ファンは、割と女の子が多かったかな。うん、どっちかっていうと、僕のさ、少女漫画系の絵だったし、自分ではそんな意識していなかったんだけど、そりゃ、冒険ものとか、スポ根ものとかじゃなかったのは事実だから。

で、そんなファンレターの中には、自分の作品をコピィなんかして送ってくる連中がいるわけ。みんな自分は天才だって思ってる世界だから。スバル氏も最初そうだったんだよ。でも、それがさ、驚いたことに、百頁以上の大作で、しかも、もっと驚いたのはさ、全部、原画だった。うん、そうそう、コピィじゃなくって、ケント紙に描いて、スクリーントーンとか貼ってある、大きなサイズのままの原画。びっくりでしょう？

僕ね、これでも、宝塚《たからづか》の男役程度にはクールだからね。普段、ファンレターなんてもらっても、まあ、一回読んだらごみ箱に捨ててしまうんだけど、そのスバル氏の原画には困った。送り返すにしたってお金がかかるわけ。封筒とか買ってくるのだってけっこう面倒だし。

絵？　ああ、そうそう、絵は上手《うま》いと思った。うん、とびきりというほどではないけど、少なくとも僕なんかよりはずっと上手かったよ。だけどね、ほら、漫画って、絵の上手さなんて、あんまり関係ないんだよ。

スバル氏の作品もね、絵は上手いんだけど、内容はグロだったなあ……。でも確かに、日本人であの当時、そんなものが描ける奴って、あんまりいなかったし、一応、新鮮ではあった。ウケないとは思ったけど、価値はあると思ったね。

まあ、そんな経緯《いきさつ》があって、簡単な手紙だけでもまず書いて、返事くらいはした方が良いかなと。一応そう思ったんだけど、ちょうど、そんときさ、近々大阪に出かける予定があるって、手紙に書いて送ったんだ。

梅田のシンシン堂に、僕らの作ってた同人誌を置いてもらっていたから、そこの店長に挨拶にいこうと思ってたわけ。そしたらさ、スバル氏からすぐに手紙の返事が来てね、そのときに会いましょうってことになっちゃった。うん、今思うと、やっぱ運命ってやつ？

あ、スバルというのは、もちろん漫画のペンネームだよ。だから、作品を見ただけじゃあ、性別はわからないもの。住所も○○方、スバルってな具合だし、本名は書いてなかったんだ。

でも、絵を見たら、だいたい男か女かってことはわかるものさ。スバル氏の絵って、けっこう写実的で、デッサンがめちゃくちゃしっかりしていて、だから、僕はたぶん女性だろうと思った。でね、女に会うのは嫌だって思ったよ。話をして面白いってことないからさ。いや、別に女がみんなそうだっていっているわけじゃないよ。うん、やめとこう、そういう話はね。

どんな話をしたかなあ……。きっと、下らない世間話とか、どんな映画を最近見たとか、ミュージシャンは誰が好きだとか、まあ、本当、そんなどうでも良いような話題だったんじゃないかな。スバル氏は、ストーンズのベロマークの鞄を持っていたから、たぶんストーンズが好きだったんだろうね。僕は、当時はパティ・スミスとかの破れかぶれのパンク系が好きだったなあ。はは、今じゃ信じられないけどさ。

下らない話だったけど、それでも、僕は一応楽しかった。スバル氏と話をしているのが楽しかったよ。うん、スバル氏が話しているのを見ているだけでも、なんか楽しかった。絵になるっていうのかな。コレクションして、飾っておきたくなるような、変な魅力なんだ。見れば見るほど変に綺麗なんだ。特に、小さな口もとが少し笑ったときに、いい形になっちゃって、ああ、こういうのは、漫画ではとても描けないよなあって思ったのを覚えてる。僕も変なことばっか覚えてるよね。

うん、僕の作品については、スバル氏は一言も話さなかった。そこが、また最高に気に入ったんだ。ほら、僕ってさ、自分の作品について、ごちゃごちゃ言われるのって好きじゃないから。何ていうの、もうそういうのって、過去形じゃない。昨日の君はこうだったね、って言われているみたいで、だから、どうなんですかって言いたくなるよね。

スバル氏も、自分の漫画のことは話さなかった。将来、自分がどうしたいなんて話も全然なかったよ。ただ、描いている時間は楽しいってことだけ。

それでいいじゃん。

どうして、ああいう時間って、すぐに過ぎてしまうんだろう。楽しいときって、神様がビデオを二倍速にしてるんじゃないかって、ときどき思うよね。

僕は時計を見て、シンシン堂の店長と約束した時間だからって切り出した。でも、スバル氏は、微笑んで頷くだけなわけ。僕、一応、別れの挨拶をして、喫茶店を出たんだ。

本屋の店長に挨拶をして、持ってきた新しい号を渡して、売れた分の清算とかをしてもらって、どうかな、三十分くらい話していたかな。その店長っていうのも、まだ若くって熱血漢って感じのオヤジでさ、アメリカンクラッカみたいにぱんぱんしゃべったりするの。嫌いじゃないけどさ、なんか、そういう人の前だと、僕って無口なんだよね。

それで、そのクラッカ店長と別れてから、もう帰ろうって思って、店を出たらさ、スバル氏がにこにこして待っていたんだ。

一瞬、びっくり。

どうしようかなって思った、本当。

だけど、夕方だったし、車は駅裏の駐車場だったし、そこ料金が気になるし、今から飲みにいくわけにはいかないし……。本の売り上げをもらったところだったけどさ、そのお金は使い込むわけにはいかないから。僕、真面目だし。

「待っていたの?」ってきいたかな。

「うん」ってスバル氏は澄ましてるわけ。

「また、今度、どこかで会いたいね」って、僕、精いっぱい社交辞令で言ったんだけど。

「うん」とかって、スバル氏は頷くだけ。

「じゃあ、僕、車だから……」

「うん」また、スバル氏は頷く。それも、嬉しそうにさ。

それで、僕は、雑踏を歩いてビルを出たんだけど、スバル氏が僕にどんどんついてくるんだ。途中で、何か会話をしたかなあ。覚えてない。これから、どうなるんだろうって、少し不気味なものを感じてたとは思うけど。

とうとう、駅裏のビルの屋上の駐車場まで戻っちゃった。

僕ね、その頃は、オレンジ色のRSに乗っていたの。前輪駆動がまだ少数派だった頃だからね。割と珍しい車だったよ。もう十万キロ以上走っていたし、エンジンは絶好調なんだけど、サスなんかへたってたし、かなり神経に悪い状態だけど、まあ、お金がないからしかたがないよね。

「じゃあ、ここで」と僕は一応言ったよ。

「うん」ってスバル氏はまた魅力的な口の形をするんだ。あれ、オバQの友達でドロンパって奴がいなかった？　あいつみたいに、真ん中で折れ曲がった口をするんだもん、まいっちゃうよ。

「君は、どうするの？」いよいよたまらなくなって、僕はきいたわけ。

「乗っていい？」ってスバル氏は言うんだ。

「良いけど……、今から名古屋まで行くんだよ」

「うん」ってまたまた、スバル氏はドロンパの口さ。

とにかく、めちゃくちゃ驚いたなあ。

はっきりいってさ、どういう人格だろうって思った。これって、オーバじゃないだろう？　でも、考えてみたら、そんなことって人の勝手だし、それに僕としては、まあ、そうね、正直いって、けっこう嬉しかったかな。だって、単純に考えてさ、もう何時間かスバル氏と二人で話ができるわけだから。

それで、それから、スバル氏をRSに乗せて、しばらく大阪の市内を走ったんだけど、どうもスバル氏は降りるって気はないようなんだね、これが。もう、助手席にさ、接着剤でくっついちゃったみたいなんだ。あ、これはオーバかな？

「どうする？　奈良くらいまで行く？」生駒山《いこまやま》を上る阪名《はんな》道路の手前だったと思うけど、僕はきいた。

「名古屋は遠い？」ってスバル氏は言うわけ。

「まだ、そう、三時間くらいかかるかな」

そしたらさ……。

「篠原さんのところ泊まれる？」ってスバル氏がきいたんだ。

それも嬉しそうにさ。

僕、ちょっとどきっとした。

下宿だったから、泊まれないことはないよ。やぶさかではないっていうの？　あれ、使い方間違ってる？　とにかくさ、僕の下宿、けっこう、うるさいとこだったんだ。うるさいってさ、工事中じゃないよ。大家さんの庭に建ってる小さなアパートで、その大家ってのが、元警察官なんだ。そうそう、それそれ、風紀にうるさいわけ。まあ、夜だからね、見つからないように、こっそり入れば良いんだけど……。

あ、違う違う。もちろん、そんなことで、どきっとしたわけじゃないよ。はっきりいって、スバル氏の真意が不透明だからね。それがちょっとさ、ひっかかるだろう？　ひょっとしたら、めちゃくちゃ透明なのかもしれないけどさ、そんなこと、どっちか、わからないじゃないか。そうだろう？

でも、僕ね、その誘惑には負けそうだったな。はは、誘惑に負けるって、面白い日本語だよね。

なんかさ、まあいいかって。

うん、そう思ってしまうものがあったんだ。

スバル氏の金髪は、ちょっと嫌だったけど。そう、あの髪は僕の美的センスには、どう転んでも馴染《なじ》まないと思った。けどさ、そんなの些末な問題だし。

奈良の市内で、一度ハンバーガを食べて、それから、名阪国道にのって、ゆっくり走ったよ。この道、知ってる？　覆面パトカーの宝庫なんだ。もう、うじゃうじゃいるんだよ。高速道路じゃないんだけど、みんな百キロは出してるわけ。ゆっくりだったけど、スバル氏を乗せているからね、眠くもならなかった。

何を話したかなあ……。

全然覚えてないんだよね。

覚えていたってしかたないけど。

そう、スバル氏が猫を飼ってるって話だったかな。僕、猫って飼ったことないから、抱っこしたら、どんなふうかなって思ったよ。軟らかそうだよね、猫ってさ。

急に名古屋に行くことになったんだから、自宅に電話くらいした方がいいんじゃないかって、至極真面目なアドバイスはしたんだけど、スバル氏は平気な顔なんだ。大丈夫だって繰り返すだけ。こいつ、家があんのかって、心配になったよ。

なんか、こんな書き方していると、もう、スバル氏の性別がわかっちゃったかもしれないね。まあ、いいや。もうちょっとだからね。もうしばらく、話を聞いてもらうよ。

名古屋に無事に着いたのは、たぶん十時くらいだったと思う。でも、僕の下宿は、大家に見つかるとまずいからさ、まず、近くの先輩の下宿に行ったわけ。

その先輩っていうのは、「下田《しもだ》お兄さん」って呼ばれている変人なんだけど、僕と同じ大学の理学部の数学科のオーバ・ドクタだよ。もう、三十近かったと思う。「下田弟さん」という先輩もいるんで、区別してそう呼んでいるわけ。下田兄弟は、どちらも社会を超越した人格だったね。面白い人たちだった。特に、下田お兄さんの方は、本当、あと十年くらいしたら、仙人か廃人になるんじゃないかって信じられていたくらい。なんか危なそうな薬とか持っていたりするわけ。もっとも、ここだけの話だけどね、僕は、下田お兄さんがフォークソングのイルカのLPを全部揃えて持っていることを知っていたからさ、うん、わりと親しみを感じてたけどね。これ、絶対内緒にしといてよ。

ガラス屋さんの倉庫の二階に、下田お兄さんは下宿している。そこで毎日毎日本ばかり読んでいるんだ。で、僕がスバル氏を連れていったら、下田お兄さんは、ベッドに寝転がって、やっぱり本を読んでいた。

「こんばんは」

「やあ、篠原君」なんて下田お兄さんが言う。「おや、新しいお友達？」

「ええ、こちら、スバルさん」僕は、スバル氏を紹介した。

言い忘れたけど、下田さんっていうのもペンネームで、実は、下田お兄さんも漫画を描くんだ。滅多に描かないけど、描いたら、そりゃもう、とんでもない代物でさ。尋常じゃなかったね。こんなものを印刷したら犯罪じゃないかってやつ。でも、熱狂的なファンがいるわけ。もちろん、僕もその一人だったよ。

「コーヒー飲む？」いつもの口調で下田お兄さんは僕とスバル氏に言うんだけど、驚いたことに、下田お兄さんは、スバル氏を一瞥しただけだったね。一秒で見切ったって感じ。さすがに、仙人になろうという人間は器が大きいよなあ。

下田お兄さんの部屋は、本を積み上げてあって、その上に布団を敷いているんだ。これが、ちょうどベッドみたいに見えるんだよ。テーブルも本を積み上げたところにベニヤ板を置いたやつさ。だから、地震とかあったら、液状化現象で家具はすべて崩壊すると思うよ。

まっとうな家具はなくって、オーディオだけはちゃんとしたのがあった。ダイレクトドライブのプレイヤが自慢だったっけ。当時出始めでさ。それに、アンプは真空管のラックスだよ。知ってる？　なんか、音がほわんとしてるやつ。あの頃は、そういう時代だからね。でもさ、いくらメカに凝っていてもね、聴いているのがイルカなんだから……。まあ、勝手だけどさ。人間、誰でも、一つくらいは恥ずかしいところがあるなあってこと。

その日は、コーヒーを飲みながら、下田お兄さんはしゃべりどおしだった。これって、けっこう珍しいことなんだ。僕は、下田お兄さんには気に入られていたから、わりとよくおしゃべりするんだけど、一人でも気に入らない人間が近くにいると、下田お兄さんは一言も口をきかない。で、だいたい、どれくらいの割合で人間を気に入るかっていうと、そうだね、日本中で十五人くらいじゃないかな。だからさ、僕はそんなこと承知で、コーヒーだけ飲ませてもらおうと思って来ていたんだよ。

それがどう？　下田お兄さんはしゃべるしゃべる。しかも、僕にじゃないんだよ。スバル氏にさ。どうやら、下田お兄さんの秘密の指輪の片割れに、ぴしっとはまるみたいな、お気に入りのタイプだったんだね、きっと。

スバル氏の前世がきっと猫だとかさ、未来予知の超能力の種類の話をずっとしてたよ。僕は、下田お兄さんのその手のネタは、少々聞き飽きてたんだけど、スバル氏はにここにこして楽しそうに聞いているわけ。当時、下田お兄さんは、そういった能力が本当にあると周りのみんなに思われてたくらい、変わった人だったんだ。実際に、超能力を見せてもらったことは、もちろん一度もないけどね。

下田お兄さんは、最近ではどこで何をしているのか、もう僕は知らないよ。数年まえだったかな、塾の先生をしているらしいとか、貨物船に乗って南半球にいるんだなんて、まことしやかな噂は聞いたけどね。

それで、一時間くらいして下田お兄さんのところを出て、僕とスバル氏は、夜道を二人で歩いて、僕の下宿に向かったんだ。お腹が空いたから、帰ったらカップラーメンでも食べようかって思ってた。うん、その頃ってさ、コンビニとかってないんだ。

大家の住んでいる母屋の電気も消えていて、こっそり、僕らは忍び込むことに成功した。僕の部屋は四畳半の一間。トイレも炊事場も一階まで下りなくちゃならない。お湯だけは電気ポットで沸かせるから、カップラーメンを食べることにしたんだけど、たまたま一つしかなかったから、二人で交代して食べた。あんときのカップラーメンほど、旨《うま》かったものはないなあ。もう一度食べられるんだったら、千五百円くらい出してもいい。

銭湯にも行けないしね、もう、遅かったから、汗くさかったけど、僕ら、そのまま眠ってしまったんだ。電気を消したら、スバル氏はすぐ眠っちゃったね。でも、僕は駄目。なかなか寝つけなかった。首が曲がらない小さな扇風機があってさ、それを回したままだったから、かたかたかたかたかた音がうるさかったんだけど、眠れなかったのはもちろん、そのためじゃない。スバル氏が同じ部屋で、僕のすぐ横で眠っていたんだからね。なんか、どきどきしちゃってさ。これって普通だろう？

高校のとき、一度だけだけど、女の子からラブレターをもらったことがあるよ。どう思ったかって？　頭に来たね。本当、破いて捨ててやろうかと思った。でも、結局読んだ。

それがさ、なかなか興味深い文章だった。誰でも、そういうときって名文が書けるんだよね。そんときは、日曜日に一度だけ、その子とつき合ってあげたけど、もちろん全然ピンとこなかった。なんで、僕なわけって感じ。どうもさ、おちょくられているみたいだし、こういうのって早めにはっきりしとかなきゃって、もうそればっか考えてたなあ。

女ってのはさ、結婚して子供を産んで、それで、そのさき、自分は何をしているのかって、ちっとも考えないんだよね。子供が成長して大人になって、そしたら、その子供にまた子供ができて、なんて、それ以上、意識が上がっていかないみたい。子供のことしか考えていないんだよな。子供じゃなくて、自分が何をするのか、それが本当は大切じゃないか。そう思う僕の方が、変わっているのかな?

でも、だから、僕は女が嫌いだ。

そういうふうになりたくない。

ざっと男の友達を見ていてもさ、そういう、ちっちゃな希望で生きてる奴がけっこう多いんだ。結婚して、楽しいファミリィを作るぞって、そんなのが夢なんだって平気な顔して言う奴がいるじゃない。うじゃうじゃいるよ。あれ、鳥肌もんだね。そんな、ちっちゃな夢って、馬鹿みたいだろう? 動物園のペンギンだって、それくらいのことしてるよな。

スバル氏は、そういうところがないんだ。少なくとも、ちゃちじゃない。

で、ちょっと、僕、悪くないかなって、ぐらっと思ったりもした。正直なところね。それは、まあ、直感みたいなものかな。だけど、それこそさ、裏返せば、僕の方がちゃちになったってことでもあるわけだし、なんか、こう、窮屈な気がするからね、本当、困った。同じ部屋で他人と一緒に眠ったことなんて、修学旅行かクラブの合宿くらいだろう？　確かに、僕にしてみたらさ、もの凄い冒険をしたってわけ。こう見えても、身持ちは固い方だから。

で、翌朝は、五時頃に目覚ましを鳴らして、大家が起きないうちに出かけた。

朝はさ、はっきりいって、駄目なんだ。

僕は、朝はもう別人なんだよね。そういうふうにできているんだから、これは僕の責任じゃない。口もまともにきけなくなっちゃうんだ。スバル氏もきっと驚いたんじゃないかな。

大学に行ったって、そんな時間は誰もいないし、ネットのないテニスコートで、落ちてたボールで少し遊んでから、シャワーを浴びた。内緒だけど、鍵が壊れているんだ、クラブハウスのシャワー室はさ。みんな知っているんだけど、わざと直さないんだよ、便利だから。あとは、キャンパスをぶらぶら歩いたかな。もう、話すことなんて、ほとんどなくなってたと思うよ。スバル氏はだいたい自分からは話さないし、僕は僕で、自分のこれまでの人生の概略については、しゃべってしまったからね。

ジョギングしてる外国人がさ、じろじろ僕らの方を見ていったっけ。スバル氏が金髪だから、びっくりしたのかもね。シャワーを浴びたあとで、僕ら二人とも髪が濡れていたわけだし、朝っぱらから何してんだって、異様なカップルに見えただろうね。

一限目の大講義室の授業は、何だったかな……。それ、スバル氏も一緒に受けたんだよ。そこは五百人くらい学生が入るでっかい教室だからね、一人くらい金髪がいたって目立たない。友人たちが、金髪を連れている僕の方をじろじろ見てたけど。

でも、小さな教室の授業は、スバル氏と一緒というわけにはいかないし、僕も困った。結局、授業はサボって、生協の食堂でぶらぶらしていたかな。外は暑いしね。車はクーラがついてないし、ドライブに出かけるのも億劫だしね。どこかへ行けば、どうせお金がかかっちゃうんだ。その頃ちょうど、家庭教師を一つ首になったもんだから、金欠だったし、同人誌のためにお金も貯めなくちゃいけなかったんだ。

僕は、漫画家になろうなんて思ったことは全然ないよ。ただ、描くのが楽しいと思ったから描いてただけだし、それを読んでくれる人間がいても、いなくても、どちらでもかまわなかった。確かに、面白かったって言われるとさ、気持ちの悪いもんじゃないけど、面白くなかったって言われても、どうってことはないわけ。そいつが頭が悪いんだって思うだけ。それくらいさ、自分の作品には自信があって、ほら、もう自己完結していたんだ。

だから、これを商売にしていくなんて信じられない。他人の顔色を窺《うかが》うような仕事って嫌なんだよね。人気商売っていうのかな。でもさ、考えてみたら、商売ってみんなそうだよね、多かれ少なかれ。

そういうのが、スバル氏も同じだったわけ。スバル氏も自分の作品にものすっごい自信があってね、そのことでは、僕の意見なんて聞きたくないみたいだった。すぐ、それはわかったよ。だから、この人も、プロの漫画家にはなれないなって思ったもの。

プロっていうのはね、一万円なら一万円の商品を、十万円なら十万円の商品を出せるってことなんだ。つまりさ、自分から出ていくものをセーブできる人間じゃないといけないわけ。描きたいものを、好き勝手に描いていたら、すぐに干上がってしまうからね。

僕は、なるべくなら、もっと他人と関係しないような仕事がしたかったな。プログラマとかさ、研究者とか……。

スバル氏は、あのとき、僕のことをどう思っていただろう？

スバル氏の髪は、軽そうで、歩くだけでふわふわと揺れるんだ。ストレートのさらさらの髪だ。

それ見てると、将来の仕事のことなんか、忘れちゃうよね。

その日の夕方には、もう、僕たち、二十四時間も一緒にいたことになるんだけど、それは良い経験だったと思ったな。他人とそれくらい長い時間続けて一緒にいることなんて、そうそうないだろう？　誰だって十時間くらいなら、なんとか猫を被っていられるからね。それくらいじゃ、人間の本質ってわからないと思うんだ。僕だってさ、午前中は別人みたいに無愛想だってこと、スバル氏に見られたんだから。

僕は、スバル氏がもの凄く好きになっちゃった。

なんていったら良いのかな……。そういうことって、とにかく今までなかったんだよね。自分よりも他人が気になるなんてね。こういうときに限ってさ、適当な言葉が出てこないんだけど、この人となら、一緒にずっと暮らしても良いかなって、そう思ったわけ。恥ずかしいけど。

夜は、奮発してトンカツを食べにいくことにした。

桜山《さくらやま》に「おろしトンカツ」のお店があって、定食で千円くらいだったと思うけど、当時の僕としてはフルコースみたいなものさ。「おろしトンカツ」というのは、大根おろしをつけてトンカツを食べるんだけどね。そこ、従業員が女性ばかりの小さなお店で、それまでにそんなに幾度も行ったわけじゃないけど、僕のことを覚えていてくれるんだ。

「あら、篠原さん、お久しぶり……」って店長がカウンタの中から言う。「まあ、今日は派手なお友達じゃない？」

一言余分だよね。

スバル氏は苦笑いしてた。僕はだいたい一人でこの店に来ていたから、いつも、座るのはカウンタだったんだけど、その日は、テーブルで向かい合ってトンカツを食べた。

「ねえ、帰らなくて良いの？」僕は、スバル氏にきいてみた。本当はさ、ずっとその話題を避けていて、今夜はもう帰れないという時刻になってから、切り出したんだけど。

「うん」スバル氏は微笑んで頷く。「もしよければ、もう一泊していきたいけど」ね、「もしよければ」ってところが良いだろう？　世の中、何が大切って、マナーが一番大切なんだから。

「今日は風呂に行かなくちゃ」僕は言った。

「うん」スバル氏はまた頷く。

不謹慎だけど、僕は、ちょっとそのとき想像してしまった。スバル氏が風呂に入っているときのことを。それで、少しの間だけど、二人とも黙ってしまったんだ。

スバル氏も同じことを考えていたんだろうか？

スバル氏はとても優しい。

僕の話をいろいろ聞いてくれて、たまにしか自分の考えを言わないんだけど、充分に優しさが伝わってくるんだ。それが一番良かったのかなって、本当、恥ずかしいけど告白しておこう。

トンカツ屋を出てから、暗い路地をさ、二人で上を見ながら歩いたわけ。これって時代いつって感じ？　可笑《おか》しいよね。

ネオンとかで空気にぼんやりと色がついたみたいでさ、なんか綺麗だったなあ。星も少しだけ見えたよ。見えたってしかたないけど。

でも、明日には、スバル氏が帰ってしまうのか、と思って、それだけが、死ぬほど残念だった。寂しかった。いつの間に、僕の躰にそんな穴が開いたのだろうって……。

銭湯からの帰り道も、夜風が涼しくって、もう最高に気持ち良かった。途中で缶ビールを二つ買って、それを飲みながら帰ったんだ。

そのビールのせいだったかもしれないけど、大家に見つかることなんて、もうどうでも良くなっちゃって、おおっぴらに、二人で一緒に下宿に戻ったんだ。

それから、どうなったのかって？

そんなこと、恥ずかしくて、僕には書けないよ。

翌朝、大家に呼び出されて説教をされた。あの金髪は誰だ、こういったことは困る、てな話で延々。結局、その一ヵ月後には、僕は別の下宿へ替わらなくちゃいけなくなったんだ。あれは、ひょっとしたら、隣の部屋の三谷《みたに》って奴が、大家にちくったのかもしれないけど、まあ、そんなことはどうでもいいや。

スバル氏は、その朝、大阪へ帰っていったよ。

僕は、駅までスバル氏を車で乗せていって、入場券でホームに入って、見送った。いよいよ、電車が出るってときに、スバル氏が僕にキスをしてくれた。周りで見ている奴が何人もいたと思うけど。それに、そんな派手で軟弱なことってさ、僕には全然似合わないんだけどね。何故だか、抵抗なくって、違和感とかってのも感じなかったし。きっと、昨晩で僕は違う人間になってしまったんだなって思っただけ……。

うん、僕は、あの日から変わった。

あれから、子供みたいに「僕」なんて言うのもやめたんだ。

もう十五年になるかな……。

スバル氏は、今どうしているかって？

信じられないかもしれないけどさ、真面目にサラリーマンしてるわけ。今は髪も黒いし。

その髪なんだけどね、ずいぶん減ったたって感じ。それに、ちょっとだけ太ったかな……。

まあ、そんなのも、別に良いの。今でも、大好きな私のダンナ様。

ミステリィ対戦の前夜

Just Before the Battle for Mysteries

1

幽霊屋敷のドアのように、ぎいと不気味な音を立てて、大きな木製の扉が開く。いったい、あの音は誰が決めたのだろう。電子音で合成して作れば、一部のマニアにはドアベルとして売れるかもしれない。

おや、これは、誰の心中を描いた文章か？

それは、のちに明らかとなる。

彼女は、短い白のスカートに、これまた真っ白のセータで現れた。暗闇に咲いた花とは、すなわちこのこと。

部屋の中にいた面々は、一瞬息を飲み、やがて少しどよめいた。

「ここ、どうしてこんなに暗いの？」彼女は、みんなに軽くお辞儀をしながら言った。ストレートの髪がちょうど肩まで届いている。その黒髪の柔らかさといえば、それだけで天下平定ができそうなくらい、比類がない。

「あ、諸君！　ああ、彼女が、何を隠そう、西之園《にしのその》モエさんです。パーハップス、一年生は初めてじゃないかな……。でも、もうみんな、彼女のことはよく知っているよね？」奥の座布団に座っていた岡部《おかべ》が彼女を紹介した。「なんてったって、有名だもんね。けだし、遺憾にも残念ながら、最近、彼女、あまりクラブには顔を出してくれない。そこで今日は、特別に無理をいって来てもらったんだ。拍手！」

「西之園です、こんばんは。遅くなってすみませんでした」

「ささ、西之園さん、ここに座って」岡部は自分の隣の座布団を示す。

「ねえ、なんか寒くない？　ここ」モエは囁《ささや》く。「ストーブとかないの？」

彼女は座り、持っていたコートとバッグをすぐ横に置いた。全員が彼女を黙って見守っている。

「さあ、諸君も知っているとおり、この西之園さんは、今までに一度も、作品を書いたことがない。いわゆる、我が栄光のミステリィ研究会始まって以来の厚顔《こうがん》部員、すなわち、面《つら》の皮が厚い部員、ミス・シック・スキン・オブ・フェイス！　として燦然《さんぜん》と輝く人だ。ハウエヴァ、彼女ほどミステリィに接近遭遇している者は、まずいないだろう。とにかく、いろいろな事件、本ものの事件に彼女は関わっている、という噂が流れている。うーん、いや、どうもこれは誤解されるな。まあいいや……。いずれにしても、これすなわち、西之園モエの前に西之園モエなし、といわれる所以《ゆえん》である」

岡部はいつもの外れた調子で説明を続ける。

「彼女の名声は我が栄光のN大では知らぬ者はない。いずくんぞ、ここにいる諸君においてをや。当然にして勿論、ミステリィマニアとしての西之園モエを知らぬはずはない。ああ、彼女はなかなかどうして、すなわち、なかなかどうしたものだし……、なかんずく、彼女の場合、私生活そのものが、そもそも、とりもなおさず、本格実践ミステリィ・フィールド・ワークでもあるわけだ。まあ、もし万が一、まだ噂を耳にしていない人は、その濃厚かつ戦慄のストーリィについて、あとで誰かから詳しく聞いておくように。今は言わないけど、もう、すっごい……からね。ああ、とにかく、今回の競作の審査員の一人として、西之園モエさんをここに推薦したい。これに不服のあるものは言ってくれ」

「はい、部長」隣でモエがすぐ片手を挙げた。「もう少し文法的に的確な副詞と接続詞を使ってしゃべってもらえませんか。あの、それに、私のこと厚顔部員って誰が言っているの？」

「まあ、しいて言えば、僕かな」岡部が答える。

「あ、そろそろ私、帰ろうかな」モエは腰を浮かせる。

「わかった、タンマ……。待ってくれ。バックスペース！　取り消すから、待って。西之園さんは、名誉部員だ。みんなの誇りだ」

「岡部君、にらめっこしましょうか？」

「え？　にらめっこ？」

「どれくらいの時間、黙っていられるのかなあ、って思ったから」モエは微笑んで岡部を睨みつける。

「ああ、押さえて押さえて……。西之園さん。ここは、堪《こら》えてくれたまえ。とにかく、今、君に帰られたりしたら、僕の立場がナッシング。いわんや、ここにいる後輩たちにおいてをやだ。みんな君が来ることを、どれほど首を長くして待ちこがれたことか……。ロング・ロング・ネック・ウェイティング・フォー・ユー」

「私、何度もやめるって言ったでしょう?」モエは、全員に聞こえるはっきりした声で言う。「岡部君が半泣きで頼むから……、部費だけは払っているのよ。それを厚顔部員だなんて……」

「堪えてくれ……、ここは」岡部が半泣きで囁く。

モエは肩を竦めて座り直した。

「ああ、他に意見のある人は?」岡部は部員たちを見渡す。皆、押し黙っていた。「よし、しからば、異議がないようだから、始めよう」

「コート着てよう、私」モエは立ち上がってコートに腕を通す。「みんなも風邪ひくよ。ねえ、毛布とか出してきたら?」

「いやいや、いずれ、議論が白熱するは必然。心配には及ばない」岡部は、コートを着て再び座り込んだ隣のモエを見ながら続ける。「さあ、いよいよ、じゃあ、諸君、プリントの最初のリストを見てくれたまえ。ああ、そうそう、みんな、ちゃんと他の人の作品も読んだ?全部読んだ人は手を挙げてみて」

そこにいた全員が手を挙げた。

「私も読んだよ」モエが隣で言う。

「けっこう、けっこう。祝着至極《しゅうちゃくしごく》」岡部はにっこりと微笑む。「これは空前絶後。今年はみんな真面目だね。他人の作品は一切読まないって主義の人間も、今回はいないようだ。毎年、必ず一人はいるのになあ……」彼はそこで咳払いをした。「よおし、じゃあ、今回の競作の批評会を始めよう。もちろん、これは、明日の審査会の重要な参考になるからね。ああ……、ではまーず、『意外な犯人』部門にエントリィしている『誤植《ごしょく》殺人事件』だ。はい、これは……、林怪丸陽光《りんかいまるようこう》君だね？」

「はーい、お願いしまーす」ひ弱そうな一年の仙田《せんだ》が両手を挙げた。

「犯人から送られてきた手紙に誤植があった、というところから事件の推理が始まるのは、多少面白いんだけど、最後はこれ、わからんのじゃないか？」四年生の橋本《はしもと》が銀縁のメガネをわざとらしく持ち上げながら発言する。

「え？　何か深い意味でもあるんですか？」二年生の清水《しみず》がきいた。

「ほらみい。気がついてない奴がいるだろう」と橋本。「説明が足らないよ。それに、この、人間以外の犯人というのは、もう今どき、意外とはいえないいんじゃないのかな」

「人間以外？」誰かが呻《うめ》くような声を上げる。

「蛇《へび》が出てきたけど……。まさか、『まだらの紐《ひも》』か？」

「あれ？　これって、読者が犯人なんでしょう？　読者って人間じゃないんですか？」

「えっと、わかった人は手を挙げてみて」岡部がきいた。

三人ほど手が挙がった。

「うーん、僕もね、表現力が不足していると思った」岡部が説明する。「ああ、これさ、最後に、読者が犯人だっていう記述が突然出てくるよね？　みんなそれで、アンチミステリィの類《たぐい》だと勘違いする。ここがミスリーディングなんだよね。つまり、本当は、これ、読者じゃなくて毒蛇。ドクシャじゃなくて、ドクジャ……。最初の伏線どおり、ワープロの打ち間違いってわけだろう？」

「おっしゃるとおり！」作者の仙田が平身低頭で答える。「いいんです、いんです。わかっていただける方にはわかっていただける！　私はそれでいいんです」

「なんで、そんな打ちミスするわけ？」二年の清水が言う。「ローマ字入力だったら、SとJだろ？　全然離れてるじゃん。仮名で打ってるわけ？　ちゃんと書いといてよ、そういうことはきちんとさ。フェアじゃないなぁ」

「ほらね、オチを聞いても誰も感心しない」と橋本。「どっちにしても意外な犯人じゃない。部門が不適当だ」

「表現がね……、いまいちわかりにくいな」岡部が言った。「馬鹿馬鹿しいトリックだけど、上手《うま》く書けば面白かったかもしれないね……」

「ごもっとも！」仙田が床に両手をついて言う。

「他に意見は？」岡部がみんなを見る。「西之園さん、何か意見はない？」

「ない」モエは首をふった。「つまらないもの、これ」

「あ、ありがたき幸せ！」仙田が悲鳴を上げる。

四・〇五秒の沈黙があった。

「ああ、それじゃあ、二番目の作品だ」岡部はプリントを見ながら言う。「えっと、今度はっと……。『アリバイ工作』部門にエントリィの『でっちょう池に死す』だね。作者は、卯瑠虎万太郎《うるとらまんたろう》君だ」

「お恥ずかしい……」長髪にメガネの吉田《よしだ》が片手を軽く挙げ、顔をしかめた。

「まあ、さすがに二年生。地味ではあるが、非常にまとまっている」橋本が言った。「池にボートを浮かべて、被害者を眠らせておく。首にロープがつないである。それで、一晩かかって池の水を抜いたわけだ」

「こんなことしたらさ、近所の人が誰か気がつくでしょう？」三年の井藤《いとう》が言う。「どうして、こんな面倒なことをするのよ」

「マニアなんだろう、きっと」

「朝までに、また水を溜めたわけだろう？　ちょっと物理的に無理があるよなあ。池の水が一晩で溜まるか？」

「まあ、それもこれも、マニアだってことにしたら、一応の説得力があったかもしれない」

橋本が真面目に言う。「マニアは不可能を可能にするシンボルだ。俺は、こういう大仕掛けはけっこう好きだけど……」

「大仕掛けっていうのか？　何が大きいんだ？」

「池自体が道具なんだから、道具が大きい」

「じゃあ、引力を使ったら、地球を使ってるわけだから、もっと大仕掛けだぞ」

「でも、これ動機はよく書けてるよね」岡部が意見を言う。「感情移入させる部分は上手い。犯人と被害者が幼馴染みで、この池で子供の頃よく遊んだってあたり……。だから、ここをもう少し強調した方が良かったんじゃないかな。あまり、その大仕掛けなトリックに無理してもっていかない方がさ。ね？　西之園さん、西之園さん？」

「あ、ごめんごめん」モエは目を開ける。「うとうとしちゃったわ」

「どっかーん」吉田が自爆のポーズ。

　ここで、七・三八秒の沈黙があった。

「じゃあ、次へ行こうか……。いいかな？」岡部はみんなを見る。「えっと、それじゃあ、『意外な凶器』部門で、二瀬田《にせだ》贋作《がんさく》君の『輪切りの私』か」

「いつもいつもグロですみませんね」竹田《たけだ》が猫背の姿勢で頭だけ突き出す。「本当、皆様にはご迷惑ばかりおかけしまして」

「あんたさ、マジ、才能あるわ」隣の井藤が言う。「よっくもまあ、こんな超気持ち悪いものばっかり次々書けるわね。毎回、ドラム缶二本くらい血が出てこないと納得できないって感じじゃなあい。めりはりとかさ、起承転結とかって概念ないでしょう？　全然ストーリィ考えてないもんね」

「えへへ……」竹田が薄ら笑いを浮かべる。「すみませんねえ、もう、ご心配ばかりおかけして」

「まあ、確かに凄いといえば凄いかな、理屈抜きで……」

「抜けてるの理屈だけか？」

「そうそう、全然、ストーリィがない」

「駄目、ミステリィじゃないよ、これ」橋本が面白くなさそうに言った。「つまり、全然、謎とかないじゃない」

「いや、これを書く神経がミステリィなんじゃ？」

「あのさ、どうして、『意外な凶器』部門なわけ？　ただ、鍛冶屋の主人公が凶器を自作しているというだけで、これ、ただの包丁だし」

「いえね、自作してるところが、意外なんですよ」竹田が微笑みながら言う。片目だけが痙《けい》攣《れん》するように瞬《また》いている。「包丁を自分で作る人って、何万人に一人でしょう？　それに、薄切りがしやすい、穴開き包丁なんですよ、これ。ここが、ミソなんです。穴開き包丁。よく切れるんですよ。ええもう、素晴らしく切れるんです」

「ホラーだなあ、やっぱり」岡部も言う。「確かに、このさ、『鉄は熱いうちに打て』の最終章は、なかなか迫力があったけどね。うん……。あ、西之園さんはどう？」

「全然」モエは肩を竦めて首をふる。「楽しんで書いてるんだからいいんじゃない？」

「お、竹田君。褒められてるよ」

「でも、人には見せないよね、普通」モエはつけ加える。

「えへへ……」竹田が笑いながら下を向く。

十・七九秒の沈黙があった。

「さて、じゃあ、次だ」岡部は姿勢を正す。「四番目は、『ダイイングメッセージ』部門の『お嬢様におまかせ』だね。これは、グレース・白鳥《しらとり》さん」

「私でーす」小村《こむら》が両手を前で広げた。「柔《やわ》らかお手に」

「これはいいね」橋本がすぐ言った。

「あれ？　辛口の橋本にしては不自然な」

「女の子の作品ならなんでもいいんだ」と囁き声。

「あの、これさ」岡部は言う。「主人公が、井穂江《いほえ》っていう名前でしょう？　こんな名前の人いるかなぁ。いや、そりゃ、被害者が残した文字が山口工一で、それを横にして読むと、ローマ字でイホエになるってのは面白いけどね……。山口工一なんて名前は、まあぎりぎり

ＯＫとしてもさ、イホエはないだろう？　それにさ、だいたい、気がつくんじゃない？　普通……」

「犯人の井穂江自身が気がつくわな」

「ローマ字で書くか、わざわざ」

「まあまあ、君たち。いいじゃないか」橋本が皆を制する。「そんな些細なことで若い才能を潰《つぶ》してはいかん。なかなか面白いアイデアだよ。君たち、人の作品にけちをつけるのは簡単だが、たまには、これを書いた人の身にもなって……」

　西之園モエが両手を挙げて欠伸《あくび》をした。

　途中で誰かの咳払いを挟んで、十五・四一秒の沈黙があった。

「次へいきます」岡部が言う。「えっと、『密室』部門にエントリィの金田《かねだ》カー吉《きち》君。作品は『白雪姫の部屋』」

「これ、タイトルはいいよな」

「だろう？」手を挙げて、金田が頷いた。

「しかし、七人の小人が全員、犯人っていうのは、最初からまるわかりだぜ」

「おう、他に登場人物、いないもんな」

「いや、僕は、魔法使いのお婆さんだと思ったよ。だってさ、魔法があれば密室なんか簡単だから」

「違う！　この作品で議論すべきは、そんな問題ではない。七人の小人が、書ききれていない。それが、この作品を台無しにしているんだ」橋本が厳《おごそ》かに言う。「人物が描けてないいね。誰が誰だかわからない。違うのは帽子の色だけなんだ。色分けされているだけじゃないか」

「七人全員が犯人なんですから、別にいいんじゃないでしょうか？」仙田が意見を言う。

「駄目だ。登場人物は全員、すべて公平に表現しなくてはフェアじゃない」と橋本。「それから、そう、小人がそんなに小さいなんてのも、フェアじゃない」

「だって、小人なんだから……」

「身長が十五センチは、小さ過ぎる」橋本は言う。「人間じゃない」

「だから、小人なんだってば……」

「そんなのありにしたら、何でもできてしまうじゃないか。鍵穴を通り抜けられるとか、ドアの下の隙間からもぐり込めるとか。親指トムじゃないんだからな」

「え？　親指トムって誰？」モエが久しぶりに口をきく。

「いっそのこと、親指姫も登場させたら良かったんじゃあ？」

「ガリバー旅行記で密室殺人というのはどうだ？　鍵穴から沢山、小人が入ってくるんだよ。集団犯罪。国民が全員犯人だ」

「小人の国に、なんで大きな部屋があるんだ？」

「話が逸《そ》れてる」岡部が言った。「えっと、これって、動機は何かな？」

「結局、小人たちが王子様に嫉妬したんだろう？」

「そんなら、王子を殺したらいいじゃないか」

「いや、殺人の動機じゃなくて、どうして密室にしたわけ？」岡部がきいた。「わざわざ、密室を作った動機だよ」

「その質問はナンセンスだ」橋本が言う。

「どうして？」

「そもそも、ミステリィは、それを不問にしなくては成立しないエンタテイメントだ」

「ちょっと、ねえ……」モエが発言したので、全員が黙った。「あの、コーヒーか何か飲まない？」

「ああ、そうだね。じゃあ、誰かコンビニで缶コーヒー買ってきてくれないかな。部費から出すから」岡部が言う。

「行ってきまーす」仙田と金田が立ち上がった。

「しからば、ここで少し休憩としよう」岡部が二人にお金を渡しながら言う。

買いものの組の他にも、トイレへ行くために幾人かが出ていった。

ここは、お寺の本堂である。ミステリィ研究会は、合宿ではいつもこの寺の本堂を借りるのだ。理由はよくわからないが、それがきっと伝統だった。

モエは本堂の真ん中まで歩いていき、そこに置いてあった特大の木魚《もくぎょ》を叩いた。

「あ！　駄目だよ、西之園さん」岡部が慌てて走ってくる。「それ、触ったら怒られるんだ」

モエは微笑む。「面白い音、これ。もう一回だけ駄目？」

「西之園さん、ちょっと」岡部はモエを部屋の隅に連れていった。「まずいよ。みんな、今夜は西之園さんが来るからって期待していたんだから」

「私、来たわよ」

「違うよ。もう少しね、その、熱心に議論に参加してもらわないと……」

「ああ、そういうこと。ごめんね、私、この時間はコーヒーがないと眠くって」

「まだ、九時だよ」岡部が時計を見ながら言う。

「うん、一番眠い時間なの。それに、別に不熱心というわけじゃない。はっきり言わせてもらうと、つまらないだけ」

「何が？」

「作品がよ。決まってるでしょう」

「ああ……、まあ、そりゃしかたがない」岡部は頷く。「今年は不作だからね」

「毎年だわ」

「いや、僕らが一、二年の頃は、もう少し本格だった。少なくともさ、もっと力が入っていた。今の連中は、完全に流されてる」

「そうかなぁ」モエは首を傾げる。

「だいたい、古典を全然読んでない」

「関係ないわ、そんなの」

「テレビのサスペンスドラマか、アニメしか見てない奴もいる。ミステリィ漫画を読んでいるのはまだましな方さ」

「ねえ、こんな競作なんかよりも、みんなでお酒でも飲んだ方が楽しいんじゃないかしら」

「駄目駄目、伝統なんだから」岡部は首をふった。「ザッツ・ノン・アルコール・バトル」

コーヒーブレークのあとの作品は、さらに酷《ひど》かった。

『孤島・山荘もの』部門にエントリィの『そして誰もが田舎者だった』は、離れ小島の悲哀を描いたほとんど純文学に近い内容だったし、『怪奇と幻想』部門にエントリィした『二十三の瞳』は、最初からネタバレ、しかも差別用語の氾濫《はんらん》だった。

『ハードボイルド』部門では、『最悪のマッチ』が多少議論になったが、どうみても、チャンドラーとハメットをマクドナルドでドライブスルーしたようでいただけない。

『スパイ・冒険』部門は、昨年から、エントリィがなかった。バブルは弾けたようだ。

近くにある銭湯にみんなで出かけ、帰りに買ってきた缶ビールを飲んだ。これは一人二本しかない。十一時には本堂に布団を敷き、寒いので全員がすぐ布団に入った。明日の起床が六時のため、皆、諦めて早々と眠ってしまう。ミステリィ研究会では、伝統的に男女の区別なく、全員同じ部屋で寝るのである。誰がいつ決めたものかわからないが、それが「伝統」

というものの定義だ。

2

モエは物音で目を覚ました。

布団から手を出して、時計を見るとまだ十二時だ。

布団を被っていても寒かった。彼女は靴下を穿《は》こうと思って起き上がり、バッグを取りにいった。

全員が既に眠っている。モエのいた付近には女子が五人かたまっていて、少し離れたところで男子たちが十数名、眠っている。そちらからは幾人かのいびきが聞こえた。

ぼんやりとした目を凝らして見ると、一つだけ掛け布団が捲《めく》れ、誰もいないところがあった。

まず靴下を穿く。それから、コートを肩に掛けた。

そっと布団の間を歩いて、確かめにいく。

どうしたのだろう……。

どうやら、いないのは部長の岡部である。

彼女は、本堂の中を見渡した。

部屋の奥に扉が見える。床との隙間から光が漏れていた。

モエは、忍び足でそちらに近づく。そして、扉をゆっくりと引いた。幸い、音もなくそれは開き、狭い板張りの通路に出た。

通路の突き当たりは、磨りガラスをはめ殺しにした扉で、明かりはそこから漏れている。

こういった状況において、彼女は前進しかしない。

道路を横断するときの猫と同じだ。そういうふうに、西之園モエの躰はできているのであろう。この点については、これ以外に説明のしようがない。

モエは通路を進み、扉まできた。

耳を澄ませると、部屋の中から静かな歌声が聞こえる。

『ラストダンスは私に』だった。

あの音程の絶妙な狂いようは、岡部だ。

モエは扉を開け、中に入った。

「やあ、西之園さん」岡部は言った。「来ると思ってた」

「どうして?」

「なんとはなしに」岡部は微笑む。

彼は紫色のジャージの上下を着ている。

部屋は八角形で、天井は角錐状に中心が高くなっている。部屋の中央に、やはり八角形のテーブルがあり、その向こう側に岡部は座っていた。椅子がテーブルの周囲に八つあった。

「岡部君、何飲んでるの？」

「焼酎《しょうちゅう》」岡部は紙コップを持った片手を上げた。「どう？　西之園さんも飲む？」

「そうね」そう言いながら、彼女は、岡部から三つ離れた椅子に腰掛けた。つまり、百三十五度の角度の位置になる。

「ああ、ここ暖かいわ」

岡部の近くにガスストーブがあった。彼は、新しい紙コップに焼酎を注《そそ》ぎ、モエに渡す。テーブルの上には、さきほどの批評会で配布されたプリントがのせられていた。

モエは受け取ったカップを両手で持って口をつける。冷たい液体が喉を通ったが、それは胸の辺りでだんだん熱くなる。

「岡部君は、最近、書いてないの？」モエはきいた。

「いや、書いてるよ」岡部は頬杖をして答える。「長編を書いてるところ。ここらで、一発、意地を見せないとね。もう、来年で卒業だから」

「どんな話？」

「うーん。やっぱり、密室かな。それに、意外な犯人」

「まだ、新しいネタがあるの？」

「さあね。でも、何かを限定すれば、できることがある」

「何かって？」

「書いたら、読んで」岡部は口を斜めにして笑った。

「読むよ、もちろん」モエは微笑む。「面白ければ、最後まで読むわ」

「これは、どうだった？」岡部はテーブルの上のプリントを指さした。「西之園さん、結局、ずっとご機嫌斜めだったね」

「ええ、最低……」モエは溜息をつく。「みんなには悪いけど、私、駄目なんだ。つまらないミステリィに対する憤《いきどお》りだけは、絶対に隠せないの。もう、本気で頭に来ちゃうから」

「それは、みんなにも充分伝わったと思うよ」岡部がくすくすと笑う。「でも、明日の夕方までに、どれかを最優秀作品として選ばないとね」

岡部は自分のコップに焼酎を注ぎ、立ち上がって、モエのコップにも注《つ》ぎ足した。

「ああ、やっと躰が暖かくなったわ」モエは髪を払いながら言う。「寒くて眠れなかったもの」

けれど、どういうわけか、彼女は急に眠くなって、欠伸《あくび》をした。

「あーあ」モエは呟く。「私、焼酎って、飲んだの、初めて。気持ちが良いね、これ……」

彼女は、テーブルの上で組んだ腕に、ゆっくりと頭をのせる。

「みんながさ、どうしてあんなにすぐ眠ったのかって、不思議に思わなかった？　西之園さん」

「ああ……、うん、そうね……」モエは目を瞑って答える。「そうか、岡部君が……、何か……、した……のね」

3

モエは目を覚ました。

眩しい。

八角形の部屋の七つの壁には、高いところに窓があり、一方から朝日が差し込んでいた。窓のない残りのもう一面は入口だ。

彼女は目を細める。

頭がずきずきと痛かった。

時計を見ると、既に七時。

昨夜、ここに来たときのことを思い出した。

少し寒い。

起き上がって、冷たい自分の肩に触れる。

コートを着ていなかった。

足もとのガスストーブはまだついている。

八角形のテーブルの上には、何ものっていない。

岡部が片づけたのだろうか。

けれど、もしそうなら、眠ってしまった自分に声をかけないはずがない、と彼女は思う。

頭を振って、瞬きをする。

彼女は椅子から立ち上がった。

やっと気がつく。

岡部は床に倒れていた。

彼は、モエが昨晩着てきたコートを羽織っている。

モエは、手を口に当てる。

岡部の背中には、モエのコートを通して、ナイフが突き刺さっていたのだ。血が流れ、床の板の目に沿って、ずいぶん遠くまで染《かが》まっている。

モエは、そっと岡部の近くに寄り、屈んで彼に触れた。

「岡部君？」

彼は既に冷たい。

俯《うつぶ》せの顔はよく見えないが、死んでいるのは明らかだった。

モエはゆっくりと立ち上がった。

急に、頭が回転を始める。

すぐ、部屋の入口を見た。

扉は閉まっている。

彼女は、自分に言い聞かせるように、大きく頷き、扉までゆっくりと歩いていった。

その扉には、鍵がささっている。

十センチほどの大きな金色の鍵で、それが扉の取手のすぐ下の鍵穴にささったままだった。彼女は取手を捻《ひね》って扉を開けようとしたが、鍵がかかっている。

壁を見渡す。

この部屋の窓は、すべて手を伸ばしても届かない高さにあった。下から見たところ、はめ殺しである。それに、たとえ開いたとしても、人間が通れるような大きさではない。

これら以外には窓も扉もない。

床にも、天井にも、出入口らしいものはなかった。

もう一度、床に倒れている友人を見る。

密室。

密室殺人。

完全な密室だ。

その中に、死体と自分がいる。

モエは躊躇《ちゅうちょ》したが、手を伸ばし、扉にささっている鍵を摑《つか》んだ。

それを捻る。

かちゃりと音がして、ロックが外れた。

彼女はそのまま外に出て、本堂に向かう。

「誰か！　警察を呼んで！」モエは扉を開けて叫んだ。

4

「何、これ……」西之園萌絵《もえ》は口を尖《とが》らせる。

「それ以外に感想は？」岡部が無表情できいた。

「ふん」萌絵は鼻息をもらす。「言いたくないわ」

「頼むから……」岡部は急に表情を変え、懇願《こんがん》するように両手を合わせる。「ね、ね、君と僕の間柄じゃないか」

「どんな間柄なの？」

「結局のところ、他人どうし……かな」岡部は口をへの字にする。

「結局って？」

「最後の最後はってこと」

「ふうん」

「ね、西之園さん、頼むからさ、思ってること言って」

「私が犯人なんでしょう?」萌絵は肩を竦めて言う。

「いやっほう!」岡部は叫んだ。そして、「ようし……」とガッツポーズ。

部室にいた、下級生の二人がぱちぱちと手を叩いた。

「不愉快だわ」萌絵が顎《あご》を上げて言う。

「ごもっとも!」岡部が萌絵の前で両手を擦《こす》る。「西之園さん、ここは一つ、堪《こら》えてつかあさい」

「私の名前、使わないでほしいなあ、変えてもらえない?」萌絵は座ったまま腕組みをしている。

「いや、だから、カタカナにしてあったでしょ」

「そんなの何の足しにもならないわ? 私、ミニスカートなんか穿かないわよ。こんなしゃべり方するかしら? なんか凄く嫌な感じ」

「西之園さん、どうして、自分が犯人だと思った?」岡部が嬉しそうにきいた。

「別に……。科学的に考えて、それしか、ありえないでしょう?」萌絵は平然と答える。

「岡部君だから、フェアなものしか書かないし。たぶん、そう……、前の夜に、わざと、みんなの作品がつまらないと言って、反感をかっておく。自分のコートを岡部君に着せたのは、自分と間違えて岡部君が殺された、と警察に訴えるためかしら? ああ、もの凄く安易よね。馬鹿馬鹿しい。見え見えじゃない？　こんなの。つまり、血で汚れるから安いコートを着てきたんでしょう？　だから寒かったわけ？」

「あ、そうか、その伏線を入れとけば良かったなあ」岡部は頷きながら頭を掻《か》く。

「あの、これ、動機は何？　私、どうして岡部君を殺さなくちゃいけないの？」

「西之園モエは酒乱なんだ」

「ほう……、面と向かってよく言うわね」

「フィクションだよ。フィクション。エンタテイメント」

「誰が推理するの？　探偵は？」

「もちろん、西之園モエだよ」

「だって、犯人なんでしょう？」

「酒乱だから、何も覚えてないんだ」

「もう一回言ったら、岡部君の将来に暗い影が差すわよ」

「フィクションだよ。フィクション」

「どうやって解決するのよ」

「ああ、それはまだ考えてない」

「なあんだ。解決編、まだ書けてないの？」萌絵は立ち上がる。「ああ、つまらないことで時間を潰したわ。もう帰りますから……。なによ、面白いものがあるからなんて、わざわざ呼び出しといて。もうがっかり」

「へへ……」岡部はまだ楽しそうだ。

「本当、いつかきっと、今日のこと、後悔するわよ」萌絵は岡部を睨みつける。

「しませんね」岡部は笑って首をふった。

「あ、それ……」萌絵は立ち止まる。「それ、どういうこと？　私に喧嘩売っているの？」

「いや、はは、ごめんごめん」岡部は手を擦る。「これはつまりさ、読者が探偵なんだよ。で、一度でいいから、探偵たる読者が、読んでいるうちに、自分が犯人だって名乗りたくなる、そういうミステリィを書いてみたかったんだ」

「ちょっと、それ、意味が違うんじゃないの？」

「違わないよ。この小説は、西之園さんが読者なんだから」岡部はにっこりと笑った。「限定作品だもんね」

「限定作品？」

「そう……、この作品はね、西之園さん以外には、誰にも読ませないからね。読者を限定しているんだ」

誰もいなくなった

Thirty Little Indians

1

大学院生の浜中フカシが研究棟の暗い階段の踊り場でそのポスタを見たのは、七月の中旬、講義期間も終わっていよいよ夏休みという時期だった。
『ミステリィツアー　真夏の夜の夢』という文字がまず目についた。彼は、掲示板に貼ってあるオレンジとピンクの二枚の紙に顔を近づけた。

ミステリィツアー
真夏の夜の夢
　素敵な謎へのいざない
　七月二十一日午後七時、工学部四号館前集合
　希望者は、二人一組で下記まで電子メールを
　先着、十組（二十人）で締め切ります

ポスタの一番下にはメールのアドレスが書かれている。浜中フカシは、しばらくその場に

立ち止まり、このポスタを読み返した。文字だけで、絵はない。二枚は同じポスタだった。紙の色だけが違っている。他には、カラオケ大会と、早食い選手権のポスタがあった。

「浜中さん」後ろから声をかけられる。「あの……、それ、私と行きませんか?」

フカシは振り返った。階段を上がってきたのは、同じ研究室の後輩、学部の四年生、牧野ヨーコである。彼女は、いつものとおり、大きなショルダバッグを肩から下げていた。

「これって、ミステリィ研がやってるんだろう?」フカシはきいた。「どうせさ、西之園さんが絡《から》んでるんだ。ねえ、ミステリィツアーって、そもそも何をすんの?」

西之園というのは牧野ヨーコの親友、同じ研究室の四年生、西之園萌絵《もえ》という女子学生のことである。萌絵はミステリィ研究会に所属しているのだ。少し変わった子で、いろいろな意味でかなり目立つ存在だった。

「さあ、どうかしら……、私、何も聞いてませんけど」ヨーコは首をふって微笑んだ。「これ、カップルじゃないと参加できないんですよ。浜中さん、お願いします。私、出たいんですけど、相手がいないから……」

「またまた、うまいこと言って……」フカシは既に階段を上り始めている。「だいたい、カップルだなんて、どこにも書いてないじゃん。二人なら、男どうしでも、女どうしでもいいわけだよね?」

「ええ、それもカップルです」ヨーコは後ろから言う。「でも、それって否定になってませんよ。都合が悪いんですか？」

「別にそんなことはないけどさ」

「ねえ、浜中さん、出ましょうよ」

「うーん」

「いいでしょう？」

「うーん」

2

浜中フカシは、二十一日の午後七時に階段を下りて、四号館の玄関に出た。彼の研究室は工学部四号館にある。そもそも、この集合場所が、最初から気に入らなかったし、ミステリィツアーなんて言葉だって、彼には不愉快だ。

フカシは、そういった虚仮威《こけおど》しが大嫌いなのだ。可能な限り、驚きたくないし、強調するまでもなく、怖いのも嫌だ。なるべく平穏に人生をおくりたい、というのが彼の生き方の基本であって、安定した精神状態を維持して、平均的な脈拍を保ち続ける生活が彼の信条なのである。

だがしかし、牧野ヨーコと二人で、つまりカップルで、数時間を過ごすという行為は、よくよく考えてみたら悪いとはいえない。コンプレッサでふっと埃《ほこり》をひと吹きするみたいに、彼の人生哲学など、なんなく凌駕《りょうが》してしまうだけの魅力が（あるいはその一端が）あったことももまた事実だ。

フカシには、今のところ特定のガールフレンドがいなかったし、女の子と夕暮れ以降二人で行動をともにするというのも、そろそろ挑戦しなくてはならない人生の課題だと常々感じていたのである。決して穏やかな環境とはいえないが、少しくらいの冒険はいたしかたがない。最初に友達の結婚式でスピーチしたときの経験や、本屋で某アイドル女優の写真集をレジに持っていったときの勇気を思い起こせば良い。

玄関前にはちょうど二十人ほどの男女が既に集まっていた。知った顔はいない。全組が男女のペアだった。その参加者の他に、鮮やかな黄色のTシャツを着て、それと同色の鉢巻をしているツアーのスタッフらしき男が一人いた。

牧野ヨーコがフカシに手を振って駆け寄ってくる。

「えー、皆さん、ミステリィツアーへようこそ」メガフォンを持った鉢巻の男が、がらがらの歪《ひず》んだ声で言った。身長も体重も、そこに集まった者の誰より勝っている大男で、長髪を頭の後ろで縛っていた。「まずですね、出席をとりまーす。ええ、代返しないようにお願いしまーす」

一人ずつ名前を呼ばれて返事をしている。フカシとヨーコも返事をした。あらかじめ、電子メールで参加を申し込んであったのだ。

「うさん臭いよなあ」フカシはヨーコに囁《ささや》く。

「どうしてです？」

「うん、なんとなく」

日は沈んでいるが、まだ充分に明るい。日中は地獄のような暑さ（もちろん、地獄に行ったことのない面々の根拠のない想像である）だったが、今は少しだけ気持ちの良い風が吹いていた。

「はーい、では……」メガフォンの大男がまたがらがら声で言う。彼は首にタオルを巻いている。「えー、今日のテーマはですね。『そして、誰もいなくなった』でーす。もちろん、知ってますよね？　え？　題名しか知らない？　はは……。まあ、いいや。このミステリィツアーに参加するような方たちですから、ええ、説明の必要はないものと思いまーす。はーい、予定では、今から、二時間ほど、おつき合いいただくことになります。いつものように謎が提示されまーす。それを皆さんが体験し、そして考える。ええ、考える時間は、今夜一晩です。明日の午前十時に、北部生協の二階の食堂にお集まりいただいて、そこで皆さんの推理結果をおききすることになりまーす。そして、なんと、豪華賞品！　正解者には、その場で、生協の好きなメニューが食べ放題でありまーす」

参加者たちから「えー」という声が上がった。しかし、もちろん皆、面白がってのブーイングである。

「さあ、では、さっそくですが、殺人現場へご案内しましょう」そう言うと、高々とメガフォンを振り、男は歩きだした。一団は、彼の後にぞろぞろとついていく。

「『そして、誰もいなくなった』って、島で全員が殺されちゃうって話じゃないの？　牧野さん知ってる？」フカシは歩きながら隣のヨーコにきく。

「ええ、そうですよ」

「嫌だなぁ……。僕ね、あんまり、その、どきどきしたくないんだ……。こういうの苦手だなあ」

「浜中さんのような人が、もう、うってつけですね」ヨーコは嬉しそうに言う。「ミステリィの登場人物になるために生まれてきたみたい」

「ますます、気が重くなってきたよ」フカシは溜息をつく。既に彼は充分後悔していた。

「私がついていますから、大丈夫です」

「うん、まあ……」

「知的にいきましょう」ヨーコは、人差指を顳顬《こめかみ》に当てて言う。「理力を信じて……」

「スター・ウォーズ？　それ……」フカシはまた溜息をつく。まったく、みんな頭がおかしいんじゃないか、と思いながら。

3

　先頭を行く大男のスタッフに続いて、ツアー参加者は、二列に並んで歩いている。キャンパスはこの辺りから山手になり、アップダウンが激しい。理科系食堂の前を通り、大きな樹々が被さるように覆《おお》っている小径《こみち》に入った。少し薄暗く、カップルたちは皆、手をつないでいるようだ。

「わあ、嫌だなあ……」フカシが弱々しく言う。「もう、なんだか息苦しくなってきた」

　牧野ヨーコは、突然フカシの左手を握った。「大丈夫ですよ、私に任せて下さい」

　いったい、何を任せるのか。自分の生命活動を肩代わりしてくれるとでもいうのだろうか、とフカシは思う。しかし、ヨーコのその果敢な行為（一般的には余計なお世話という）で、フカシの鼓動は、ますます速くなった。

　しばらく、坂道を上がって、講堂の裏手の広場に出た。キャンパスでもかなり奥深く入ったところである。太陽科学研究センタの近くだった。キャンパス内とはいっても、雑木林が沢山残っている地帯だ。死体が転がっていても、滅多なことでは発見されることのない場所、といっても過言ではない。普段はほとんど来ないところだったし、フカシもこんな時間に来たことなど一度もなかった。

ようやく、アスファルトの道に出て、少しほっとする。その坂を真っ直ぐ上ったところに立っている黄色いTシャツ姿が一人見えた。

「あ、西之園さんだ」フカシは指さす。「ほらほら、やっぱり、彼女が企画してるんだね」

ヨーコもそちらを見て頷いた。

大学創設の何十周年記念かで、一昨年、同窓会の寄付によって造られた記念館がある。その正門のところに立っていたのが、西之園萌絵だった。牧野ヨーコの親友、そして、フカシの研究室の後輩だ。彼女は鉢巻はしていなかったが、メガフォンの大男とお揃いの黄色いTシャツを着ていた。やはり、本ツアーの主催は、ミステリィ研究会に間違いないようである。

近づいて、フカシとヨーコが手を振ると、西之園萌絵は、両手を顔の横で広げてみせた。人類は十進法を採用しました、というジェスチャではない。

「はーい、ちょっと、集まって下さーい」先導していたメガフォンの男が立ち止まって、大声で叫んだ。「ええ、ここでですね、缶ビールのサービスがございまーす。お酒の飲めない人は、ウーロン茶でーす。くれぐれも、一気飲みして死なないようにお願いしまーす。洒落《しゃれ》んなりませーん」

記念館の門のところに段ボール箱が置いてあった。西之園萌絵とメガフォンの大男が、缶ビールをそこから出して参加者に配り始める。

萌絵は、フカシとヨーコにも缶ビールを持ってきた。

「こんばんは」萌絵は二人に言う。

「萌絵、何があるの？　これから」缶ビールを受け取ってヨーコがきいた。

「それは、駄目……」萌絵が片手を広げて答える。「今は言えないわ。お楽しみよ」

「そんじゃあですね、皆さんの健闘を祈りまして、乾杯しましょう！」という大声のあと、全員が缶の栓を開けた。「言っときますが、今、配った飲みものには、一切仕掛けはありませんから、ご安心下さい。これはメタ・ドリンクでーす」

フカシには意味がわからなかった。

今、一団が集まっているところは、記念館の正門から少し中に入った駐車場である。記念館のほぼ正方形の敷地は、かなり広く、五十メートル四方くらいあった。そのほぼ中央に、小高い部分があり、周囲から階段で五、六メートルの高さまで上れるようになっていた。ちょうど、ピラミッドの上半分を切ってしまったような形の台形である。正確にいえば、四角錐台。古代の天文台をイメージしてデザインされたものだ、とフカシは聞いていた。

実は、記念館というのは、この階段で四方を囲まれた台形の内部にある。正面の階段の一部が窪んでいて、そこが建物の入口だった。しかし、この時刻にはもちろん扉は閉まっている。記念館の周囲はぐるりと車が駐められるスペースになっていた。

「はーい、それでは、さっそくですね、最初の現場をご覧にいれましょう」メガフォンの声を聞いて、全員が静かになる。「この記念館の上でーす。よーく見て下さいよ」

ぞろぞろと駐車場を横断し、記念館の階段を全員が上った。東西南北どの方向からも上ることができるが、今は、正門の方角、つまり、南側から階段を上った。

この階段を上り切ったところも、やはり正方形の平面で、十五メートル四方ほどの広さがあった。四隅には、一メートルくらいの高さの石でできた幾何学的なモニュメントが置かれ、その他は石畳というのか、一面にブロックが敷き詰められた、ただの広場だ。ベンチの一つもない。ここが、記念館の屋上ということになる。『望天広場《ぼうてん》』と名づけられている場所であった。

その正方形の望天広場に、今、三人の男が倒れていた。三人とも、スタッフお揃いの黄色のTシャツを着ている。彼らは俯《うつぶ》せに寝転がっていた。

「えっと、この三人は死んでいまーす」メガフォンの男が説明をした。「触らないで下さーい、はーい、そこの人！　ええ、乱暴しないで下さいね……。本人たちも好きでやっているわけではありませーん。じゃんけんで負けたから、しかたなく死んでいるんです。つまりですね。死因はじゃんけんでーす。ええまあ、それは冗談ですが、とにかく、死因はよくわかりませーん。目立った外傷はありませーん。凶器もありませーん。今、皆さんが初めて発見したところなんです」

三人は、正方形の広場の中心から五、六メートルほど離れて、足を中心に向けて倒れていた。一人は頭を真北に向けている。もう一人は東南、もう一人は西南の方向だ。三人をベクトルと考えて、そのまま中心点に平行移動すると、ほぼ百二十度ずつの角度になりそうである。つまり、極めて意図的で、幾何学的、人工的な配置といえる。

「言っておきますが、質問は一切受け付けません。皆さんが観察したものがすべてです。よーく見て下さいね」

全員が、その場をうろつき始める。フカシもヨーコと一緒に、正方形の望天広場の周囲を歩いてみた。四方の階段の下には駐車場が見下ろせる。その駐車場には人間は一人もいない。車が何台か駐車されているだけだ。望天広場には、三人の生きた死体以外には何もなく、見るようなものはなかった。

フカシは、南の正門のところに立っている西之園萌絵の姿をちらりと眺めてから、自分の時計を見た。七時四十分。辺りはもうかなり暗くなっている。

「はーい」メガフォンのがらがら声が聞こえた。「それでは、この場所はこれくらいにしましょう。これから、もう一箇所、別のところへご案内しまーす。でも、ここでお願いがあるんですが、皆さんの中から五人の方に、この場所に残ってもらいます。どなたかお願いできないでしょうか？　ええ、残ってもらえる方には、さらに、もう一本缶ビールを差し上げまーす」

フカシはすぐに手を挙げた。

「浜中さーん」横からヨーコが小声で言う。彼女はつまらなさそうな顔をしていた。

「僕はここで待ってるよ」フカシは微笑む。

ビールにつられた五人は全員が男性だった。

「それじゃあ、あとの十五人の方は、こちらへどうぞ……」

南の階段を下りて、参加者は、メガフォンの大男の後をついていった。ヨーコは口を尖らせて、フカシを恨めしそうに睨《にら》んでから階段を駆け下りていく。フカシは、彼女たちが記念館の敷地から出ていくのを見ていた。

望天広場に残った五人の男たちは、どうして良いのかわからず、まだ倒れている三人の死体を見ていた。そこへ、南の階段から西之園萌絵が上がってきた。彼女は、ビニル袋から缶ビールを出して五人に配った。

「それでは、四人の方は、この広場の四方の階段の途中に座っていて下さい。これは、見張り役です」萌絵は参加者に説明する。「そして、もう一人の方は、向こうの正門のところにいていただきます。三十分くらいですが、その間、どんなことがあっても、持ち場を離れないようにお願いします。あとあと、皆さんには重要な証人になっていただきますから、絶対に眠ったりしないで下さいね」

「僕は正門がいいな」フカシは言った。階段に一人で座っているのはどうも不気味だと思ったのだ。正門の付近が一番明るい。

他の四人はビールを持って、大人しく言われたとおり四方の階段に歩いていった。フカシは、西之園萌絵について、正門の持ち場まで来る。

その正門の位置からは、記念館の南側と東側の階段が見えた。階段の途中に参加者が一人ずつ座っているのもよく見える。あとの二人は反対側だ。敷地内には照明灯が幾つか立っているので、それほど暗いわけではない。

萌絵と浜中フカシは二人だけになった。

「西之園さん。みんなはどこへ行ったの？」フカシは二本目のビールを飲みながら、彼女に尋ねた。

「あそこです」萌絵は南の空を指さす。

「え？」彼女が伸ばした片手の角度に、フカシは驚いた。

「ほら、あのマンションの屋上ですよ」

キャンパスのすぐ隣に、シャンポール四谷《よつや》という名前の高層のマンションが二棟建っている。二十五階建てだ。今、フカシがいるところからは、地上の直線距離で二百メートルくらいだろうか。

「なんで、あんなところへ？」フカシはきく。

「ノーコメント」萌絵は微笑んだ。

「だいたいさ、今、僕らって何してんの？」

「うわぁ、とてもセクシィな質問」彼女はそう言ってくすくすと笑う。

「変なの」フカシは鼻息をもらす。「まあ、いいや、どうだってさ。ビールがただなんだから。ねえ、まだ余分あるんでしょう?」

「浜中さん。ヨーコ、怒ってましたよ」

「え? どうして?」

「一緒にいてあげなくちゃ駄目じゃないですか」

「どうして?」フカシにはよくわからない。「僕さ、あんまり刺激的なもの見たくないんだよね。どうせ、向うには気持ち悪いものが用意してあるんだろう?」

「さあ、どうかしら」

どこからともなく、突然、大音響の音楽が聞こえてきた。フォルクローレのようなメロディである。

「あれ、何?」フカシはすぐ質問する。

「音楽です」萌絵が澄まして答えた。

「そんなことわかってるよ。これも、謎のうちなの?」

「ノーコメント」

4

牧野ヨーコはみるみるつまらなくなっていた。メガフォンの先導者について、十五人の参加者は講堂の横の長い坂を下っているところだ。

当然ながら、浜中フカシが一緒に来てくれなかったことがヨーコには気に入らない。もし、親友の西之園萌絵があの場所にいなかったとしたら、彼女の機嫌もここまで悪くはならなかったことだろう。つまり、これは非常に微妙で複雑な問題だった。既知の条件が幾つかある。整理して箇条書きにしてみよう。

一、ヨーコと萌絵は大の親友である。二人の間に秘密はない（少なくともヨーコはそう信じている）。

二、ヨーコは浜中フカシが好きだ。それは萌絵も知っている（だろうとヨーコは思う。しかし、以前につき合っていた恋人と別れたことをヨーコは萌絵にまだ話していない。これは、一の条件と矛盾するが……）。

三、浜中フカシは萌絵に気があるみたいだ（根拠はないが、どうも嫌な予感がずっとしている）。

四、ヨーコの観測では、萌絵はフカシの気持ちに気づいていない（あるいは、何とも思っていない。これは確かだろう）。

五、萌絵は十歳以上も歳上の講座の助教授に首ったけだ（まったく、これだけは親友の趣味を疑う）。

およそ、これだけの条件が背景としてあった。

というわけで、ヨーコは今の状況が面白くないのである。フカシが萌絵と一緒にいるのが好ましくない。人間とは、自分の希望とは関係なく、余分で不必要な計算まで無理にしてしまうものらしい。

いつの間にかキャンパスを出て、バス通りの歩道を歩いていた。そして、シャンポール四谷のロビィに一団は入る。黄色いTシャツの大男は、エレベータのボタンを押した。

「大丈夫です。このマンションの管理人さんには、ちゃんと許可をいただいています。でも、あまり大声を出さないようにして下さい」

全員が最上階までエレベータで上がり、階段で屋上に出た。

なかなかの眺めだった。もともと、N大学のキャンパスは、市内でも最も高い地区にある。今いる建物は、この付近でも飛び抜けて高い。既に暗くなっている市街の細かいライトがとても綺麗だった。

「はーい、お疲れさまでーす」メガフォンの男が言う。彼は時計を見ている。ヨーコも自分の時計を確認した。八時だった。ずいぶんゆっくり歩いていたので、ここまで来るのに、十分以上かかったことになる。

「ええ、飛び降りたりしないようにお願いしまーす。それこそ、本当のミステリィツアーになってしまいますからね」

　そのジョークには誰も笑わない。

「では、ちょっと向こうの端まで行って、さきほどの記念館の望天広場をご覧になって下さーい」

　ヨーコは、この場所で新しい死体でも発見するのかと期待していたのだが、それはなかった。ちょっと拍子抜けである。彼女たち参加者は、言われたとおり、屋上の端まで歩いていき、手摺《てすり》に躰をあずけて隣のキャンパスを見下ろした。

　キャンパスは森林地帯が広がっているので、全体としては暗かったが、明かりのついている研究棟がその間に幾つも並んでいる。講堂の広場や記念館も、思っていたよりもずっと間近に見えた。すぐ下といっても良いくらいだった。このマンションが一階部分で折れ曲がって真っ直ぐに倒れたら、屋上にいるヨーコたちは、ちょうど望天広場に着地するのではないか、と錯覚させるほどだ。

　記念館の望天広場はよく見えた。

　小さな照明灯が点々と光っている。

　けれど、望天広場の中央では赤い光が揺《ゆ》らめいていた。それは火である。焚《た》き火をしているようだ。キャンプファイヤのように燃えている。

ついさきほど見てきた記念館の屋上、望天広場の中央で、炎が上がっているのだ。かなり大きな火だった。

そして、その辺りは明るく、三人の黄色いシャツの死体も、さきほど見てきた配置のまま、三方向に倒れているのがはっきりと見える。階段の途中に座っている人間、それに正門の付近に二人立っているのも見えた。

だが、それらのことは、少し遅れて気がついたことで、最初に目に飛び込んできたものは、別のものだった。

正方形の望天広場。

その中央で燃える炎。

それを円く輪になって取り囲んで、大勢が踊っていたのだ。

彼らは頭に何かつけていて、全員が白いズボンを穿いているのがわかった。足を上げたり、手を上げたりして、炎の周りを回りながら踊っているのだ。

全部で三十人はいる。

直径十メートルほどの輪を作り、円周方向に回ったり、あるいは、輪を少し大きくしたり小さくしたりして踊っている。

耳を澄ますと微かに太鼓や笛の音楽が聞こえる。民族音楽のようだ。

ヨーコはしばらくじっと観察した。どうやら、踊っている三十人は、インディアンのようである。インディアンが火の周りで輪になって踊っている。倒れている三人の死体は、インディアンの輪のすぐ外側にあった。

「ええ、目の悪い人はちょっとはっきり見えないかもしれませんが、望天広場でインディアンが踊っていますね」メガフォンの男が説明した。「どうです？　なかなか異様な光景でしょう？　よーく見て下さいよ。何人いますか？　まあ、数えるのは無理かもしれませんね。答えは三十人ジャストです」

「あれが、どうしたというんです？」ヨーコはメガフォンのスタッフに質問する。

「質問は駄目でーす」男はにやりとして、ゆっくりと首をふった。「なかなかのものじゃありませんか？　あの光景は……。あれだけで、ミステリアスじゃないでしょうか……。インディアンが三十人も、キャンパスの中で火を囲んで踊っているんですよ。ぞっとしませんか？」

ヨーコは呆れて顔をしかめる。

もう一度、下を覗いてみたが、相変わらずインディアンたちは踊っていた。だが、ミステリィ研の連中が踊っている、というだけのことではないか。特に驚くようなものではない。ぞっとするなんてこともない。

彼女はだんだん馬鹿馬鹿しくなってきた。

以前に、西之園萌絵に誘われて、ミステリィ研の飲み会に参加したことが一度だけあったが、三十人もの部員がいるようには見えなかった。せいぜいその半分ではないだろうか。つまり、友達をかき集めたのだ。それにしても、あんな場所で焚き火をして怒られないだろうか、とヨーコは心配になった。

5

その頃、浜中フカシは、記念館の正門の近くで、コンクリートの車止めに腰を下ろして、三本目のビールを飲んでいた。

もの凄い大音響の音楽が記念館の方向から聞こえていたが、もう慣れてしまった。ここは研究棟からはだいぶ離れているから、文句は出ないだろう。少し奥に行ったところには、ブラスバンド部やロックのサークルのクラブハウスがあって、そこは始終もっと大きな音を出しているのだ。

西之園萌絵は、階段に座っている四人の参加者たちにも、三本目の缶ビールを配りにいって戻ってきたところだった。辺りはすっかり暗くなっている。

焦《こ》げ臭いというか、何かが燃えているような匂いがしていた。

「上で焚き火をしてるの？」フカシは萌絵に質問した。そういえば、記念館の上の望天広場がなんだかうっすらと明るかった。

萌絵はフカシを見て肩を竦めただけで、何も言わない。

「何か燃やしているんだろう?」

「ノーコメント」萌絵は白い歯を見せる。「みんなが戻ってきたら、上を見ても良いですけど」

「焚き火なんかして、怒られるよ、きっと」フカシは言う。「知らないから……。許可は取ってあるの?」

「大丈夫……」と萌絵。

「あ、やっぱり、焚き火してるんだ」

「浜中さんって……、少しお酒飲んだ方が鋭いんだ」

西之園萌絵の笑顔は、フカシを黙らせた。

6

シャンポール四谷からぞろぞろと戻ってきた十五人の参加者が、再び記念館の正門に到着した。それと同時に大音響の音楽はぴたりと止まった。

「ええ、皆さーん。それでは、いよいよ、本日のミステリィツアーのクライマックスでありまーす」メガフォンの男が正門の前にある照明灯の下で言った。「では、あの上へ行って、インディアンたちの正体を確認して下さい」

ヨーコが、フカシのところに近づいてきて、「ずっと、ここにいたんですか？」ときいた。

フカシは軽く頷いてから、ヨーコと一緒に、記念館の階段まで歩いていき、そこを上った。南の階段の途中に座っていた男も、みんなが上ってくると立ち上がった。

全員が望天広場に再び立った。

中央には、太い木が組まれて、その中で大きな炎がぱちぱちと音を立てて燃え上がっている。見上げると、空は暗かったが、かなり大量の煙が立ち上っているのがわかった。

例の三人の死体も、まえに見たときと同じところにまだ倒れていた。ご苦労なことである。

だが、そこには、他に誰もいない。

フカシは、南の端にいたので、振り返って正門を見た。黄色いTシャツの西之園萌絵が一人だけで立っていた。

「えっと、誰が、この焚き火を用意したかっていう謎かな？」

「ここで、インディアンが三十人踊っていたんですよ」ヨーコがフカシに言う。「あそこから見たの」

彼女は遠くのマンションを指さした。

「インディアン？　何、それ」

「浜中さん、見ました？」

「何を？」

「だからインディアン」

「何、インディアンって」

「インディアン見ませんでした？　この広場に三十人いたんですよ」

「まさか……。いや、僕はずっと下にいたから」とフカシ。「うん、もの凄い大きな音楽が、ついさっきまで流れてたけど」

「寝てたんじゃないですか？」

　ヨーコが攻撃的な視線でフカシを睨んだ。

「ええ、皆さーん」メガフォンの男が大声を出した。「手分けをして、インディアンを探して下さい。この敷地からは誰も出ていません。そうですね？　浜中さん」

「あ、はい」フカシは急に名前を呼ばれてびっくりした。「ええ、誰も出ていません」

「確かですか？」

「はい、確かだと思うけど……」

「ということは、皆さんが向うからご覧になったインディアンたちはまだ、この敷地の中にいます。彼らはどこに隠れたのでしょうか？」男は大げさに言った。「えっと、四方の階段に座っていた方たち、どなたか、何かを見ましたか？」

四人の男たちは首をふった。

「インディアンとか、それとも階段を上り下りした人間を見ましたか？」

また、四人が首をふる。

「さあ、これがミステリィです。いったいどういうことでしょう？　皆さんの見たインディアンたちは、幻だったのでしょうか？」

7

時刻は八時五十分。もう三十分ほど、参加者たちは現場の捜索に当たっていた。全員の分の懐中電灯がスタッフによって用意されていたので、みんながそれを手に歩き回っていたが、ライトを使わなくてはならないほど暗いところはなかった。人が隠れられるような場所はどこにもないように思われた。

記念館屋上の望天広場の三人の死体は、今は参加者の許可を得て、運び出されたという想定で解放されていた。彼らは、自力で立ち上がったし、今は正門の辺りでビールまで飲んでいる。死者は蘇《よみがえ》ったのだ。

参加者たちは、記念館の敷地内を隈《くま》なく捜索し、この敷地の中に、自分たち二十人、それにスタッフの五人（メガフォンの先導者と西之園萌絵、それに死者を演じた三人）以外には誰もいないことを確かめた。

　駐車場に駐められている車が、記念館の建物の周囲に合計六台あったが、これらの車も中を覗いて確かめた。トランクに隠れることができる、と参加者の一人が言い出したので、スタッフが自分たちの車だけはキーで開けてトランクルームを見せた。結局、ミステリィ研のスタッフの車は三台で、これらは全部確認された。残る三台は、誰の車なのか不明でドアを開けて調べることはできなかったが、一台はワゴンで車内が丸見えだったし、あとの二台は軽自動車で、これも後部の荷物室が外からよく見えた。つまり、トランクに人が隠れることは不可能だ。もし、できたとしても、せいぜい一人か二人だろう。三十人もの人数が隠れるにはまったく不足である。

　記念館の敷地の周囲は、高さが三メートルほどの塀に取り囲まれている。塀の内側には、古代ギリシャの様式を模したようなレリーフが施されていた。敷地から出られる箇所は、南側の正門以外にも、北に小さな通用門が一つあった。しかし、そこは、鉄の柵が閉められた状態だった。やろうと思えば、塀も柵も登ることは可能であろう。梯子《はしご》があれば簡単だし、なくても何とかなるに違いない。

　しかし、記念館の四方の階段に、それぞれ一人ずつ、参加者が座って監視していたのである。彼ら四人は、インディアンらしき人影どころか、不審な人間が出入りするところを目撃していない、と主張した。もちろん、誰一人階段を上らなかったし、下りてもいない、というのが四人の共通する意見だった。記念館の敷地内で、彼ら四人の死角になるのは、彼らの背後にあった望天広場だけである。

結局のところ、記念館の屋上の望天広場で三十人のインディアンたちが輪になって踊っていたという、他の十五人の参加者の目撃は、四人の証言および現状と完全に矛盾していた。

浜中フカシは、あのとき、記念館の正門で西之園萌絵とずっと話をしていたが、記念館の方を向いていたので、南と東の階段を上り下りする者がいなかったことは確かだと思った。北と西は彼のところからは見えなかったのだから、わからない。あるいは、参加者の中にサクラがいて、北か西の階段をインディアンたちが通ったかもしれない。そのくらいのことはミステリィ研なら考えるだろう。だから、記念館の上の望天広場に三十人のインディアンが出現して、消失したとしても不思議ではない。

だが、この敷地の中から三十人もの人間が消えてしまったということは不思議だ、とフカシは思った。事実上唯一の出口である正門を、彼自身がずっと見張っていたからだ。

黄色いTシャツのスタッフは、途中で、「周囲の塀を乗り越えるという行為はしていません」と補足していたが、はたして、本当だろうか。フカシには信じられなかった。

「本当に、三十人もいた？」フカシはヨーコにきいた。「牧野さん、見間違いじゃないの？本当に、この場所だった？」

から」

「絶対間違いないです」ヨーコは答える。「私、今日は、ちゃんとコンタクトしてきました

「じゃあ、記念館の建物の中に隠れたのかなぁ」フカシは歩きながら独り言を呟く。しかし、さきほどから調べた限りでは、階段部分の窪んだところにある記念館の入口は、南側にしかなかった。したがって、正門にいたフカシ自身に見られずに、そこを出入りすることは不可能だ。

参加者たちは既に捜索を諦め、正門が見える望天広場の南端で、お互いの意見の交換を始めていた。全員が多少興奮気味で、にこやかではあるが目だけが真剣な、アンバランスな表情になっている。提示された謎には満足しているものの、不可思議な状況に少なからず焦《あせ》っている様子だった。

九時になって、まだ燃えていた中央の火がスタッフによって消された。駐車場の端にあった水道からホースを伸ばし、水がかけられた。

「では、本日はこれで終了しまーす」メガフォンのスタッフが誇らしげに言った。「ええ、明日の十時でーす。十時に生協食堂でお会いしましょう。でも、言っておきますが、トリックに関して正解者がいなかったときは、答は明かしません。これが、我がミステリィツアーの伝統なのでーす。解いた者がいない場合には、次回も同じ謎が提示されるのでありまーす。もしかしたら、これは、永遠の謎として、皆さんたちの良き思い出となるでしょう。た

ぶん、そうなると思いまーす。それでは、皆さん、ありがとうございました！　一夜の安らかな夢を！」

8

次の日の朝、浜中フカシは北部生協の二階にある食堂で朝御飯を食べた。途中で、牧野ヨーコがやってきて、彼の隣に座った。

「何か考えた？」フカシはきく。

「全然です」ヨーコは眠そうな顔で首をふった。「もう、こうなったら、萌絵にきくしかないわ」

「教えてくれるわけないじゃん、西之園さんがさ」

「いいえ、絶対、聞き出してやる」

食堂の奥の一角で十時から始まったミステリィツアーの集いでも、案の定、これといったアイデアは出なかった。

シャンポール四谷の屋上から見たのは、望天広場ではなく、別の場所だったのではないか、という意見が出たが、それには参加者側の多くも反対したし、スタッフたちも笑いながら「それは不正解です」と答えた。

二十人の参加者のうち、半分は教育学部や文学部の学生で、彼らは比較的満足そうだった。だが、あとの半分は、フカシやヨーコも含めて、理学部と工学部の学生だった。彼らは、どうにも冴《さ》えない顔をしている。答が教えてもらえないことが不満だという顔だ。

その集会の最後には、次のミステリィツアーが二ヵ月後の九月に開催される、とアナウンスされた。

集いは解散になる。

誰も、生協食堂の食べ放題の栄光にはありつけなかった。

浜中フカシと牧野ヨーコは、西之園萌絵を誘って、食堂の隣のラウンジに入る。そこは、生協が経営しているグリルと呼ばれるレストランだった。

クーラが効いていて気持ちが良い。フカシとヨーコはアイスコーヒーを、萌絵はホットコーヒーを注文する。

「ねえ、どうやったの？」ヨーコが真剣な表情で隣の萌絵の脇をつつきながら言った。「あんたさ、私に隠し事なんてできないはずでしょう？　教えてくれるよね？」

「まあ、どうしましょう」萌絵は両手を頬に当てて、目を大きくしたあと、にっこりと微笑む。彼女特有の大げさなリアクションだった。最近ずいぶん普通になった気はするが、以前の彼女は、お嬢様の標本みたいな人間だったのだ。

「ねえねえ、西之園さん。本当に、壁を乗り越えていない？」フカシが質問する。

「はい、それは確かです」萌絵は頷く。

「北と西は記念館の蔭になって見えないから、そちらから梯子で塀を乗り越えたんじゃないの？」

「違います」

「いったい誰が考えたのよ？」ヨーコはアイスコーヒーを飲んでから言った。「あんたでしょう？」

「さあ、誰だったかしら」萌絵はとぼけた表情。

「萌絵に決まってる」

「あまり、大したトリックじゃないのよ。でも、その場で見た人はけっこうわからないものなのね。うん、つまり、やっぱり小説のミステリィみたいに簡単にメタ・ポジションには立てないわけ。これって、つまりは時間が止められないことが最大の要因だと思うわ。うん、それが実証されただけでも収穫だった」

「あのさ、自分の世界に入るまえに教えてよ」フカシが言う。

「あ、それともやっぱり情報量の多さが禍《わざわい》するのかしら。フィルタがかけられる以前の情報だからかしら。そういう意味で、ミステリィの探偵というのはローパスフィルタみたいな存在なのね。読者のようなメタな視点を探偵に与えてしまうことは、そもそもミステリィのリアリティと矛盾するけれど……」

「萌絵、いい加減にして」

「ん？　どうしたの？」

「わからないのよ」ヨーコが膨《ふく》れて言う。「ねえ、教えて。昨日から、もう気持ち悪くって気持ち悪くって、このままじゃ、良い思い出どころか、なんか、こう、トラウマになりそうで嫌だよ」

「ヨーコは大丈夫よ」萌絵が笑う。「そんなやわじゃないでしょう？　私が保証する」

「あんたに保証してもらったってしかたがないじゃない。でも、まあ、そうね、浜中さんの方が心配です」

「僕？」フカシは顎を引く。「僕なら大丈夫だよ。簡単に忘れられる方だから」

「私は駄目」ヨーコが首をふる。「絶対忘れられない……」

「ねえ、音楽は、どこでかけていたの？」フカシは質問する。

「あれは、カーステレオです」萌絵は答えた。「記念館の北側にあったスタッフの車です」

「じゃあ、つまり、そこに一人はいたわけだ」

萌絵は口を閉じて片方だけ笑窪《えくぼ》を作る。彼女は上目遣《うわめづか》いでフカシを見た。

「そう……、浜中さん、さすがですね」

「あ、そうか。ということは、北側の階段にいたのがスタッフなんだね」フカシは頷きながら言う。「ははん……、だんだん読めてきたぞ」

「え、凄い。何です？」ヨーコは、身を乗り出してフカシを見つめた。「浜中さん、もしかして、わかったんですか？」

「うん……」フカシは腕を組んで言った。「あそこの駐車場に駐まっていた車に三十人が隠れていたんだ。たぶん、あのワゴンじゃないかな。北側に一台あったじゃん。それで、北の階段に座って見張っていた一人が、実は参加者ではなくてスタッフの一員だったわけ。三十人は北の階段から、望天広場に上がったんだよ。それから、音楽をかけて、焚き火をつけて、しばらく踊ってた。あ、そうそう、あの倒れていた死体の三人も手伝ったんじゃないかな。焚き火をするためにさ、いろいろ材料を運び込まないといけないわけじゃん。だから、あの三人が、つまりその役目だったんだね」

「うんうん……」ヨーコは目を輝かせる。「それから？　それから、どうやって消えたの？」

「うーん」フカシは目を瞑《つむ》った。「三十人は踊ってから……」

「踊ってから？」

「熱気球で飛んでいったんじゃないかな」フカシは思いついて言った。

「熱気球？」ヨーコは高い声で言う。「まっさかあ！」

「浜中さん、すごーい！」西之園萌絵も驚いた表情で口を開けた。

「え？　正解なの？」フカシは目を開けて萌絵を見る。

萌絵はにっこりと微笑んだ。

「素敵……。感動しちゃった。熱気球か……。確かに面白い発想ですね。黒い気球を用意すれば、あるいは可能かもしれません。でも、浜中さん。それは正解じゃありません」

「なんだ……」

「第一ですね、熱気球に三十人も乗れますか？　それに、やっぱり、熱気球なら正門にいた浜中さんに見つかってしまうでしょう？」

「そうよね」ヨーコが躰を揺すりながら言う。「クレーンで吊り上げたわけでもないしなあ。そもそも、ミステリィ研にそんな財力ないわよねぇ」

「うーん」フカシはまた唸る。「空でない……、となると……あとは地上しかないか」

「地下は？」ヨーコが突然言う。

「地下？　ジェットモグラとか？」フカシが言った。

「え？　何です？　それ」萌絵はきょとんとした顔をフカシに向ける。

「記念館の中じゃないわよね」とヨーコ。「ひょっとして、どこかに隠しドアがあるんじゃないの？　北側とかに」

「ないわ」萌絵は面白そうに首をふる。

　二人は萌絵を睨んだまま黙った。

「面白いですね」萌絵は満面に笑みを浮かべて首を傾《かし》げた。そして、わざとゆっくりとコーヒーカップに口をつける。「自分だけがわかっているって、こんなに楽しいものなのね」

「怒るわよ、私」ヨーコが低い声で言う。

「いいよ、怒っても」萌絵がすぐ言い返した。

「あんたが教えてくれないつもりなら、私、犀川先生に相談しちゃうもんね」

「え？」萌絵は急に困った顔になり、カップをテーブルに置いた。「ヨーコ、それは困る」

犀川というのは、西之園萌絵が熱を上げている教官、つまりフカシたちの講座の助教授である。

「いいもん、あんたが困っても、私には関係ないんだから」

「お願いだから、ヨーコ、それだけはやめて」

「じゃあ、教えなさいよ」一気に形勢が逆転して、ヨーコは余裕の笑顔になった。

「ああ、どうしよう……」西之園萌絵は唇を噛んで、ヨーコを恨めしそうに見た。

9

翌週の月曜日の午後、犀川助教授は、学生生活委員会に出席していた。毎月一回、定期的に行われる委員会で、広い会議室に三十名ほどの教官が集まっていた。

学生が起こした交通事故、学内のトラブル、奨学金候補者の選定などがこの委員会の主な議題である。

協議事項も終わり、そろそろ会議が終了しようという頃、委員長の教授が言った。

「ええ、本日、用意しました議題は以上でありますが、その他の議事としまして、一つだけございます。先週のことですが、本学の記念館の敷地内で、夜なんですが、無許可で焚き火をした学生たちがおりまして、近隣の住民から苦情が来ております。で、調べましたところ、ミステリィ研究会という文化サークルのメンバ七名が、記念館の屋上でかなり大がかりな焚き火をしていたことが確認できました。既に、彼らからは、始末書を取っております。この処置についてでございますが……、幸い、公共物を損傷したということもありませんでしたので、私の個人的な判断で、訓戒《くんかい》ということにしたいと存じますが、この件につきまして、何か、先生方のご意見はございますでしょうか？」

「苦情が出るほど大きな焚き火だったんですか？」委員の一人が質問した。

「そうですね。炎が二メートルほど上がるような規模だったということです。しかし、苦情というのは、焚き火や煙が直接の原因ではなくて、そのとき、彼らが流していた音楽がうるさかったということのようです。実際に苦情が出たのは、一件だけでして、シャンポール四谷というマンションの住民です。なんでも、夜の八時頃、記念館の屋上の、ええ、あの望天広場という名前のところですが……、あそこで焚き火をして、三十人くらいの学生が、妙な衣裳を着て騒いで踊っていたということです。それがうるさくて、こちらの事務に電話をしてこられたのです」

「それでは、その三十人全員を呼び出した方が良いのでは？　全員、誰なのかわかっているのですか？」

「いいえ、今のところ七名だけです」

「それは一応調べた方が良いですな」

「はい、そういたしましょう。他にご意見は？」

「焚き火をして、下の石畳が焦げませんでしたか？」

「ああ、それは大丈夫でした、彼らもその点には気をつかったようで、下に鉄板を敷いていたようです。私も現場を見てきましたが、掃除もちゃんとしてありました。被害はまったくありません」

「訓戒のみで良いとは思いますが、火を使うというのは悪質です。今後、同じようなことのないように、厳重に注意していただきたいですな」

「わかりました。そういたしましょう」

会議はそれで終了した。犀川助教授は立ち上がって、会議室を出ようとしたが、そこで呼び止められた。

「犀川先生」委員長が犀川に近づいてきた。「先生、今から、ちょっとお時間よろしいですか？」

「ええ、どれくらいですか？」犀川は時計を見ながら言う。

「いえ、二十分くらいで済みます」委員長はにこにこ顔である。「実はさきほどの焚き火の件なんです。隣の応接室に、学生たちを待たせてありますので、先生から注意をしていただきたいのです」

「え？　僕がですか？　どうしてです？　訓戒というのは学部長がするんじゃあ……」

「いえ、これは書類に残るような正式のものではありません。それに、リーダ格の学生の一人がですね、先生の研究室の子なんですよ」

「え？　まさか、西之園君ですか？」

　ミステリィ研究会といえば、犀川の研究室では彼女しかいない。

「元総長のお嬢さんでしょう？」委員長は小声で囁いた。

「はあ、そうです」と犀川。

「まあ、そういうことでして……。よろしくお願いします」

　なるほど、そういった事情があって、委員長はこの議題を会議の最後に口頭で出したのだ。議事録にも載せないつもりなのだろう。西之園萌絵の亡くなった父親は、本学の総長だったのである。総長といえば、総長であって、つまり、大学を代表するトップのことだ。こういった話題はすぐに広がる。なるべく波風は立てたくない、と考えての慎重な措置だったのだろう。

「お願いしますよ」委員長は犀川助教授の肩を叩いてもう一度言った。

「わかりました」

隣の小さな部屋に犀川が入っていくと、そこに、七人の学生がいた。応接セットと小さな椅子に彼らは腰掛けている。

「犀川先生……」西之園萌絵がびっくりした表情で立ち上がった。「あの……、どうして、先生が……」

「まあまあ、座りなさい」犀川は自分もソファに座りながら言った。

この部屋には灰皿が置いてあった。犀川はそれを見逃さず、すぐに煙草に火をつけた。会議中はずっと禁煙だったからだ。

「じゃあ、まず、経緯《いきさつ》を話してもらおうかな」犀川は煙を吐きながら言った。

学生の代表は、大柄の男子だったが、彼と西之園萌絵が交互に説明を行った。ミステリィ研究会が定期的に開催しているミステリィツアーというイベントで、学内から二十名の参加者を募《つの》り、記念館の上で焚き火をした事実が簡単に述べられた。

「無許可だったのは確かです。申し訳ありません。でも、私たち、万全の用意をしていました。鉄板を敷いたり、消火用にホースを準備したり……。掃除も次の日の朝早く、ちゃんとしました」萌絵が説明した。

「まあ、事前に許可を取ろうと思ったって、無理だよね……。絶対に許可されないことは明らかだ。それは君たちもわかっていたわけだ」犀川はソファにもたれて言う。

「あの、僕ら、停学ですか？」男子学生が犀川の顔を窺う。

「いや、訓戒だよ」と犀川。「今、僕がしているのが、訓戒っていうやつみたいだ。お互い、初めてだから、ちょっとどきどきするね」

「ああ、良かった……」萌絵が溜息をつく。

「三十人も踊っていたそうだね？」犀川は煙を吐きながらきいた。「焚き火よりも、音楽の方がうるさくて、隣のマンションから苦情が出たんだそうだ。ところで、その三十人は、どうしたの？」

学生たちは顔を見合わせた。

「あの、先生。実は、僕たち以外にはいないんです。その三十人っていうのは、見間違いなんです」

「ミステリィツアーの参加者じゃないの？」と犀川。

「いいえ、参加者はあのマンションの屋上まで連れていきました。彼らも……、その……、見間違えたんです」リーダの男が説明した。停学にならずに済んだことで気が緩んだのか、どうやら自分たちの悪戯を説明したがっているようだ。

「どういうことかな？」犀川は無表情で尋ねた。

そこで、西之園萌絵がミステリィツアーの内容を詳しく説明し始めた。参加者が何を見たのか、そして、どんな謎が提示されたのかを話したのである。彼女は、話が進むほど雄弁になり、誇らしげな口調になった。

話を黙って聞いていた犀川助教授は、しかし相変わらずの無表情で、途中で新しい煙草に火をつけた。彼は、萌絵の説明が終了すると「なるほど」と一言だけ口をきいた。

数秒間の沈黙。犀川の煙草の煙だけが動いている。

「よし、わかった。じゃあ、これでおしまい。今後、この手のことには気をつけなさい」犀川は、煙草を灰皿に押しつけながら立ち上がった。「同じことをしないようにね。まあ、君たちも大人なんだから、言われなくてもわかっていると思うけど、あまり、やっかいをかけないでほしい。訓戒終わり」

犀川はそのまま部屋を出ようとする。

「あ、先生」萌絵は立ち上がった。

「何?」犀川は足を止めて振り向く。

「あの……」彼女は口籠もった。「あの、先生は、不思議に思いませんでした?」

「何が?」

「だって、三十人のインディアンが……、消えたんですよ」

「消えた?」犀川はきき返した。

「ええ、消えたんです」

「ああ、確かに、二十八人分は消えたね」

それを聞いて、学生全員が立ち上がった。

「先生、わかったんですか？　僕らのトリックが」男子学生が言う。

「トリック？」犀川は首を傾げた。「トリックって、人形を燃やしたこと？」

「え！　どうして！」萌絵が叫んだ。「どうして、わかったんですか？」

「停学覚悟で焚き火をしたからさ」犀川はすぐに答えた。「そうまでしても、君たちは火が必要だったということだろう？」

学生たちは目を見開いて、黙っている。

犀川は少し微笑んで、続けた。

「広場で死体の役をしていた三人の学生と、北と西側に座っていた学生が二人、つまり五人が、君たちだろう？　これで人数が合うじゃない。五人で二十五人分の人形を動かしてたってわけだ。それだけのことだろう？」

西之園萌絵は、顔を真っ赤にして押し黙っている。

「惜しかったね、その人形、燃やしてしまってさ。僕、見たかったなあ」犀川はドアのノブに左手をかけた。「作るのが大変だったろう？　材料は発泡スチロールだね、きっと……。あとは、細い棒と紙かな……。燃えやすいもので作ったわけだ。三十人なら、一人が六人分だから、自分以外の五人が人形になる。自分の手と足に連動して、同じ動きをする人形を作って踊ったんだね。踊っている間、倒れている三人分の人形も必要だから、結局、人形の数は、全部で二十八体だ。本当、見たかったよ。今度のツアーのときには、僕を呼んでくれないかな。謎解きなんて興味ないけど、工作とか造形とかって見てみたいからさ。それにしても……、踊っているところは愉快だったろうね。ああ、そうそう、もうひと工夫して、火を使わない方法を考えてごらん。そうしたらまたできる」

犀川助教授はそれだけ言うと、右手を軽く挙げて、部屋を出ていった。

学生たちは突っ立ったまま、しばらく口がきけない。

「あれが……、犀川先生か」一人が小声で呟いた。

彼らも部屋を出ようとしたが、西之園萌絵だけが、まだ動かなかった。

「西之園さん?」リーダが隣の萌絵に声をかける。彼女は呆然として、息もしていない様子だった。

彼らが見ていると、萌絵はようやく大きな長い溜息をもらした。それから、一度ぶるっと頭を振ってから、前髪を両手で掻き上げ、彼らの誰とも目を合わさないまま、さっさと部屋から出ていってしまった。

「しばらく、西之園さんには、近づかない方がいいぞ」リーダは他の男子学生に囁いた。

「最高に荒れてるから……」

何をするためにきたのか

The Identity Crisis

1

甲斐田《かいだ》フガクが大学に入学して最初の一ヵ月は、本当に瞬《またた》く間に過ぎた。彼は、キャンパスの近くの下宿から通学し、夕方は喫茶店でバイトをした。それは、当初思っていたよりもずっとシンプルでサイレントな生活だった。

なんだ、こんなことの繰り返しか、と思ったものだ。

授業は一応休まずに受講する。あとあとそれが何の役に立つのか、あるいは何の役にも立たないのか、まるでわからない。けれど、わからない場合には、とりあえず何でも経験しておくのが、この世界の常套《じょうとう》手段である。

大学の中は、暇をみてあちらこちら歩き回ってみた。新入生では入れないエリアもあったが、なんとなく意味のありそうな場所がけっこう沢山あるようだ。目新しいうちは、それも面白い。まあ、少しだけ気にとめておいても良いだろう、と最初は思った。だが、そんな単純で小粒な刺激も、すぐにつまらなくなった。

話しかけてくる連中も多かったが、たいていはどうということのない平凡な話題だった。飲みにいく話、テレビや映画の話、ファッションの話、などなどである。相手の名前くらいは覚えておいたが、特に深いつき合いはしたくない。出費は避けたかったからだ。食事もなるべく生協でして、節約していた。

フガクは、もともと静かなタイプの男である。一人でいることが多かったし、その方が落ち着いた。誰かと一緒にいると、ただ並んで歩くだけで、相手の歩調を気にしなくてはならない。何か考えたいことがあったとしても、相手のおしゃべりを聞いてやらなければならない。それが酷《ひど》く鬱陶《うっとう》しい。誰もいない草原でごろごろしているのが好きだし、たまにだったが、風景や建物なんかのスケッチを描くのが楽しみだった。

しかし、この大学の中では、今までとは少し違った自分でいよう、と彼は思った。自分らしくしたくないと思ったのだ。その方が面白いし、そもそも、そのために来たからでもある。

入学して二ヵ月ほど経ち、レポートの提出にも慣れ、バイトにも慣れて、これがキャンパスライフの定常状態なのかな、と感じた頃、フガクには、一人の友人ができた。

宮本《みやもと》ワタルは、向こうから話しかけてきた。

「君、甲斐田君だろう？」ワタルは言った。

どうして名前を知っているのかと思ったが、フガクは黙っていた。

「大学の隣にある、空地に行ったことある？」ワタルはきいた。

大学の正門の向かいには、かなり広そうな空地がある。もちろん前を通ることはよくあったが、フガクは空地の中に入ったことはない。第一そこは柵がしてあるので、中には入れないはずだ。行ったことがあるのか、という質問の意味を彼は一瞬考えた。この場合、イエスかノーか、どちらの返事をしたら良いだろう……。

　フガクは首をふった。

「そう……、面白いものがあるらしいよ」ワタルは続ける。「先輩から聞いたんだけどね。一度行ってみてごらん」

　その日の講義が終わると、フガクはバイトの時間を気にしながら、その空地の前まで行ってみた。宮本ワタルという男の言い方が、妙に気になったからだ。けれど、やはり、その空地には入れそうもない。柵の中は、背の高い雑草が一面に生えているだけで、一見したところ、特に何か変わったものがあるようには見えなかった。

「ああ、やっぱり来たね」後ろから声をかけられる。わざとらしく微笑んでいるワタルだった。「でもさ、君、梅本《うめもと》教授にまだ会ってないんだろう？　一度、先生に説明してもらった方が良いと思うな」

　何のことだろう？

　フガクは首を傾げる。梅本教授というのは、彼が受けている歴史の講義を担当している教官だった。

「ごめん、俺、バイトがあるから、また……」ワタルはそのまま消えてしまった。そうやって、何か意味ありげなことばかり言い残していなくなる、まるで連載小説のような男なのだろう。

つまり、そのとおりだった。

宮本ワタルは、それから、フガクの前に頻繁に現れ、いつもいつも謎めいたことを口にするようになった。実に取り留めのない話が多く、フガクは内心苦笑するばかりだった。受講している科目もフガクとほとんど同じだったし、下宿も近いことがわかった。初めて会って一週間後には、フガクの下宿に遊びにきて、酒を飲んで泊まっていった。酔っ払うと、ワタルの言動はますます謎めく。とても現代に生きている人間とは思えなかった。好戦的な地底人がいるとか、そのために躰を鍛《きた》えておいた方が良いとか、まあ、そんな類の子供じみた冗談である。

歴史の梅本教授の部屋へは一度行った。ちょうど、レポートを持っていく機会があったのだ。ワタルが例の空地の前で梅本教授の話をしたことを覚えていたので、フガクは、ドアをノックするとき、少しだけ期待した。

「はい、ご苦労さま」梅本教授はレポートを受け取った。「あ、君、変わった目の色をしているね」彼はフガクの方を見て言う。

そんなふうに言われたことは、これまでに一度もない。フガクは、しかし、教授の表情から、何か面白い話があるんだ、と直感した。

「僕ね、今、目相《もくそう》に凝《こ》っていてね……」梅本教授は、デスクの向こう側で立ち上がり、フガクに顔を近づけながら嬉しそうに言う。「目相って、手相みたいなものを目で見るんだよ。つまり、占いだね。ああ、うん、君はね、一年後の昼休みに、図書館の地下にある喫茶店で、面白い子と出会うな……。そう、その子を、一緒に連れていくと良いと思うよ」

なんて馬鹿馬鹿しい話だろう、教授の部屋を出て、廊下を歩いているとき、フガクはそう思った。しかし、普通なら、友人のワタルも、梅本教授も、どこか頭がおかしいと判断するところだが、フガクはそうは思わない。おかしいことは、おかしいなりに、いや、おかしいことほど、何か深い意味があるはずなのである。

クラブは少林寺拳法同好会に入った。今まで、格闘技なんてまったく経験がなかったが、何かの役に立つのでは、と考えてのことだった。合宿にも真面目に参加した。

しばらくして、大学祭があった。だが、期待したような出会いは何もなかった。

自分の周囲をただ通り過ぎるだけの沢山の人間たち。ただただ消化するだけの毎日の講義。ずっと時計ばかり見ているバイト。下宿には、みんなが持っているのと同じ電化製品。ときどき服を替えて、靴を履いたり脱いだりする。すれ違う女の子を見る。次の瞬間には忘れてしまう。何でも、同じ繰り返し。

何も起きない。

誰も教えてくれない。

何のためにここにいるのだろう？

何度やめてしまおうかと考えたか、わからない。こんな生活は時間の無駄だ、と自分に言い聞かせようともした。それは、たぶん間違いではない。けれど、フガクは、淡々と生きることには慣れている。ずっと淡々と生きてきたのだ。淡々と生きるように教えられた。

自分だけではない。

みんな、淡々としている。

それが現代の魔法の呪文。

タンタン、タンタン、タンタンタン。

みんな、平凡にしている。

ボンボン、ボンボン、ボンボンボン。

これで良い。

そうやって、タンタンと、ボンボンに生きているうちに、何か少しだけ、何か一時だけ、盛り上がって、笑って、面白いことを見つけて、また忘れてしまうのだ。

そうに違いない。

タンタン、ボンボン。

みんな、そうしているのに違いない。

もうすぐ面白いことがやってくる、と信じている。

きっと、面白いことがある。

きっと、自分にも、その機会があるはずだ。

2

そうして、本当に退屈な一年間が過ぎた。

このくらいのレベルになると、そんな退屈さを堪え忍んでいる自分が、けっこう清々《すがすが》しく思えてきて、まんざらでもない。たぶん、マラソンをしていてハイになるようなものだ。アドレナリンのせいだろうか。

フガクは、梅本教授が言った「一年後」という言葉をしっかり覚えていた。いや、覚えていたというような表現ではなまぬるい。彼は、その言葉を信じて、この長い一年間に堪えてきたといっても良い。

常識的に考えれば、それは非常識なことだろう。しかし、そもそも、常識などという外部の平均概念が、どうして自分の内部感情に干渉するのだろうか。自分をコントロールするものは、そんな外側の力では決してないはずだ。

いや、自分の感情こそ、この社会の外側にあるのではないだろうか。そうでなければ、他人の目が気になったりするはずがない。

梅本教授には、それ以来、授業でしか会っていない。ひょっとして、単なる冗談だったのかもしれない。大学の教官には、変わった人種が多いのだ。しかし、教授のその馬鹿馬鹿しい発言が、ある意味で、フガクの拠《よ》り所《どころ》だったことは確かだ。どうしてなのかは釈然としないが……。

たった一人の友人、宮本ワタルは、ボクシング部に入部して、最近はトレーニングで忙しそうである。たまに会ったときも、クラブで何をしているのかという話しかしない。なんだか、顔つきが少し変わってきた。日焼けしたせいもあるが、目つきが鋭くなり、顎《あご》がしまり、精悍《せいかん》な印象を受ける。

久しぶりに、ワタルとランチを食べているとき、二人の横に、女の子が座った。

「フォークでご飯食べてるんだぁ」彼女は突然フガクにそう言った。

自分では意識していなかったが、フォーク一本で食べていたのであろう。余計なお世話だ、と思ったが、フガクは彼女を睨んだだけで黙っていた。

「私、野々山《ののやま》フミエっていうんだけどぉ」

ああ、そういえば、今日が一年目か、とフガクは気がついた。そう、確かにちょうど一年目。では、この目の前の彼女が、梅本教授が予言した「面白い子」なのか……。このところ毎日、フガクは、図書館の地下の喫茶店に来ていたので、教授の予言と場所も一致する。

彼女は、確かに面白そうな感じではあった。

カップ麵《めん》みたいにカールした長い髪は、とても櫛《くし》など通りそうにないくらい哲学的にもつれていたし、色白の小さな丸い顔には、人形のような大きな目が数学的に並んでいる。閉じたり開いたりするのに、空気抵抗のためにずいぶん運動エネルギィが必要な睫毛《まつげ》。オールドファッションをファックスで送ったみたいに掠《かす》れたパンツに、知的なほど短く軟らかそうなシャツで、少しだけだったが、フレッシュなお腹が覗《のぞ》いていた。彼女はとんでもなく大きなバッグを持っていて、それを空《あ》いていた隣の椅子にのせた。そのバッグの名前は、きっとエンタープライズというのに違いない。

「フミエっていってもね、隠れキリシタンじゃないよぉ」彼女はバッグのポケットから煙草を取り出して口にくわえた。今までに、そんな気の抜けたギャグに笑った奴がはたしているのだろうか、とフガクはむっとした。

「一応さぁ、私って、マジシャンなんだから」フミエはそう言うと、両手を軽く握り合わせ、煙草に火をつけた。どうやら、それが魔法だと言いたいようである。確かに、どういう仕掛けなのか、フガクにはわからなかった。しかし、小さなライタを隠し持っていれば誰だってできただろう。魔法ならもっと凄い技《わざ》を見せてもらいたいものだ。

「まあ、こんなのはさ、ほんの序の口だけどぉ」フミエは煙を吐きながら微笑んだ。

フガクは、フミエの大きなバッグが気になったので、その中には何が入っているのか、と尋ねた。

フミエは、バッグの中身を見せてくれた。

婦人雑誌が何冊も出てきた。インテリアに関するものがほとんどだった。そんなものをわざわざ持ち歩いているだけで普通の人間ではない。その他には、貝殻や松ぼっくりが沢山。どこで拾ってきたものか知らないが、いい大人が後生《ごしょう》大事に持ち歩く代物《しろもの》ではない。あとは、昔懐かしい、紙石鹼とか、剣玉とかもあった。細い竹の笛や短いロウソクもあったし、布でできた汚い女の子の人形も出てきた。

「誤解しないでよぉ。これって、みんなさ、マジックに使うものなんだからぁ」

いったい、どういう種類の誤解ができるというのか……。

フガクは途方に暮れる。

何となく意味ありげではある。

しかし、まったく意味がないかもしれない。

そんなものが、多過ぎる。

この世には、そんなものばかりなのだ。

ひょっとしたら、それが、「面白い」という言葉の定義だろうか、とさえ思われる。

このまま、意味ありげなものを期待して、

意味のない生活がまた続くのか。

意味ありげなものを探して、

意味のない時間をまた送るのか。

マジシャンのフミエは、エンタープライズを肩に掛け、フガクについてきた。その日の午後の講義は、ずっと彼女と一緒だった。自分の講義は大丈夫なのか。同じ学部なのか。同じ学年なのか。これまで彼女の顔を見たことはない。第一、同じ大学の学生かどうかも疑わしい。

「何のために生きているのか……って考えてる」授業中に隣にいたフミエが小声で囁《ささや》いた。「私って、人の心が読めるわけよ。なんかぁ、小さいときからだけど、そういうのがぁ……ね」

フガクは素直に頷いた。少し驚いたのは、確かに言われたとおりだったからだ。

「あのさ、いいこと、教えたげよっか?」フミエは目を細めて微笑む。

フガクはフミエを見たまま、待った。

「もうすぐ、ゲンジっていう坊主《ぼうず》が来るからさぁ。彼に、きいてみたら、どうかなって思ったりしてぇ」

3

なんとも、しかたがない。

やりきれない。

ちゃんとした意味があるなんて、とうてい信じられないが、フガクはフミエの言葉に期待した。そう、期待したのは事実だ。なにしろ、それくらいしか、期待できるものが、他にないのだから。

あれから毎日、フミエはフガクの下宿にやってきた。ほとんどの時間を、フミエはフガクとともに過ごすようになった。得体《えたい》の知れないところは、しかし相変わらずで、同じ部屋に彼女がいるだけで、フガクは初めから落ち着かなかった。

しかし、考えてみたら、人間の社会なんて、元来そんな落ち着かない環境なのだ。だんだん、申し合わせたみたいに、みんなで鈍感になって、頑張って単細胞の不感症になって、いろいろなことが気にならなくなるのだ。

近くに大勢の人間がいると、川を流れる石ころみたいに丸くなる。それが社会というパッケージの本質で、つまりは、その鈍感になれる能力のため、人間だけがこんなに生き残っているのだろう。

なんといっても、鈍感さほど強力な武器はない。

鈍重さほど攻撃的な能力はない。

人間というカートリッジには、それが入っているのだ。

朝、ベッドで目覚めるとフミエが隣で眠っている。彼女は、何もしなかった。テレビも見ない。掃除もしない。ご飯も作らない。本も読まない。音楽も聴かない。欠伸《あくび》もしない。ガムも噛まない。まあ、そんな存在感のなさだけは、フガクにはほんの少し嬉しい。存在感のない異性というのは、それだけで心地良いものだ。

それはさておいて、フミエが話していたゲンジという名の坊主は、いったい、いつ来るのだろう。「もうすぐ来る」という「もうすぐ」とは、どれくらいさきのことなのか。「来る」とは、どこへ来るのか。それに、「坊主」というのはどういう意味なのか。言葉とは曖昧なものである。特にフミエの言葉は、常に果てしなく曖昧だった。

「私さぁ……、フガクのことって、ああいるんだなぁって思うよぉ。ほんと、そう。これくらいよね、嫌いじゃないことって」

つまり、何が言いたいのかよくわからない。

しかし、言葉の曖昧さなんて、結局のところ、人間の生そのものの曖昧さに起因したものなのだから、今さら、とやかくいったところで、どうなるものでもない。砂糖を固めてダチョウやチータを作ったって、やっぱり甘い。それと同じなのだ。

それから、三ヵ月の時が流れ、秋休みが終わって、二学期が始まった頃、ゲンジは本当にやってきた。

小早川《こばやかわ》ゲンジ。彼は確かに坊主だった。

最初、フガクは大笑いしてしまった。

何しろ、迂回《うかい》することなく、ストレートに坊主だったのだ。彼は、袈裟《けさ》姿に長い杖をつき、右手には数珠《じゅず》を握っていた。さすがに、尺八は吹いていなかったが、よくもまあ、そんな格好で、街を歩いてきたものだ……。地下鉄にも乗ったのだろうか、とフガクは大いに感心した。

頭に毛はなく、綺麗に剃ってある。なかなか凛々《りり》しい好男子で、眉が太く、ケチャップとマヨネーズを混ぜたみたいに濃い。

「私は何も望まない」ゲンジは目を瞑って淡々と言う。「しかし、それでは、望まないことを望んでいることになる。だからして、それさえも望まない。つまりは、無だ。南無阿弥陀仏」

馬鹿か、こいつは……。

しかし、確かに面白い。

それに、若干だが、意味がありそうでもある。

若干だ。

ゲンジは勝手に身上話を始めた。

彼は、フガクの二年先輩だったが、留年し、そして今は休学しているという。十ヵ月ほど放浪の旅に出て、行脚《あんぎゃ》の末たった今、帰ってきたところらしい。

「ホウロウっていってもぉ、おなべじゃないよぉ」横にいたフミエが口を挟む。もちろん、誰も笑わない。

「世の中の理法《りほう》は、これすなわち循環にあり」ゲンジは真面目な顔で説いた。「万物は無であり、かつ無限だ。いずれにも端はない。この循環するパワーこそ、私が探し求めていたものだ。きっと、私は何かの役に立つだろう」それから、片手を天に向け叫ぶ。「オーリーンピーアー」

「時は来た!」いつの間にか、ワタルがやってきていて、大声で叫んだ。

あまりの唐突さに、フガクはまた苦笑する。

あるいは、自分の人生の面白さのピークが、今この瞬間なのではないかとさえ思えて、恐ろしくなるくらいだった。

4

四人は、大学の隣の空地へ向かった。

どういうわけか、柵が一部壊れていて、中に入ることができた。

生い茂った雑草をかき分け、一列になって、彼らは奥へと進む。

先頭がフガク、続いてワタル、そして、ゲンジ。一番後ろから、フミエが鼻歌を歌いながらついてくる。

いったい、ここに何があるというのか。

何のために、こんなところに足を踏み入れたのか。
そもそも、そんなことを疑う余裕や権利さえ、自分たちにはないのだろうか。
他の人間たちは疑っているのだろうか。
自分が何者で、どこから来て、どこへ行くのか。
そんなことを考えては、いけないのだろうか。
たぶん、考えるだけなら考えるだろう。
ただ、それだけだ。
考えたところで、何かが変わるわけでもない。
自分がいることで、何かを変えたい？
そう思うのが、人間の生なのか。
だから？
意味のないものに、意味を見つけ。
親しくもない者と、親しい振りをして。
力を合わせるという幻想を見る。
愛し合っているという幻想を作る。
少なくとも、汚いものより、綺麗な方が良いとか。
正しくないものより、正しいものが好きとか。

でも、好きでもないものを、好きだと言ったり。
嫌いでもないのに、嫌いと言ってみたり。
みんな、そんなふうにして、騙《だま》し騙《だま》し生きている。
演じられるテーマを……。
演じられるキャラクタを……。
フガクは、草をかき分けながら進む。
彼は興奮してきた。
どんどん、進む速度は速くなり、
何か具体的な対象を目指して、
何かわかりやすいものを求めて、
自分が進んでいると、急に錯覚したくなった。
錯覚したい？
どんなところにも目的はあるし、
どんなところにも、少し困難な道くらいある。
選びさえすれば……。
望みさえすれば……。
でも……？

何のためにここに？


空地の真ん中まで進んだとき、小さな石造りの丸い建物が現れた。

入口は一つ。扉はない。

「ほら、ここがそうだ」ワタルが言った。「俺の言ったとおりだったろう？」

「さあ、早く入ろうよぉ」フミエも言う。

「何も望んではいけない」ゲンジが後ろで呟く。

フガクは躊躇《ちゅうちょ》した。

何のためにここに来たのか？

何か恐ろしいものが、自分たちを待っているかもしれない。

いや、そうに違いない。

その確信に近い直感。

だが、最初から、フガクはそれを望んでいたのではないのか。

まさか、安定した退屈な生活をするために、今まで生きてきたわけではない。それとも、その安定に満足して、このまま眠り続けたいと思っているのか。

意味のあるものがあるかもしれない。

それも違う。

意味があるなんて、そもそも意味がない。

望んでは、いけないのだ。

フガクは決心して、入口に足を踏み入れた。

中は暗い。

地下へ下りる階段があるだけだった。

通路は細く、四人は一列で進んだ。

階段が終わったとき、フミエはエンタープライズからロウソクを一本取り出し、得意のマジックで火をつけた。辺りはうっすらと明るくなり、奥へ続く通路が浮かび上がった。

なんとも不気味な湿った空気。

床も天井も壁も、四角い大きな石のブロックで組み上げられている。どこも濡《ぬ》れて光っている。四人の大きな影が、ゆらゆらと揺れていた。

通路を進む。

すぐ行き止まりになり、横に木製の扉があった。

フガクはそれを押し開ける。

もう、迷いは消えていた。

小さな部屋だ。

中央には古い壊れそうなテーブルが一つ。その上でランプが光っている。奥にもう一つ扉があった。

テーブルの上、ランプの近くに紙切れがのっていた。文字が書かれていたが、日本語ではない。英語でもない。フガクには読めなかった。

「ようこそ、我が迷宮へ……」フミエが手紙を取り上げて訳した。「お前たちが、何のためにこの世に生を得たのか、その真の理《ことわり》が、ここにはある……、って書いてあるけどぉ。なあにぃ、これ、わかんなぁい」

一体何語なんだ、とフガクは思った。フミエにそんな語学の才能があるとは思ってもみなかった。

奥の扉をフガクは開けた。

そこもまた通路だった。両側に延びている。

少し離れたところに人が倒れていた。フガクは駆け寄る。

「遅かった……な」瀕死《ひんし》の男が、か細い声で言った。

倒れているのは、梅本教授だった。

「気を……つけるんだ。この……先……に」

梅本教授は、がっくと息絶える。

なんというタイミングの絶妙さ。しかし、タイミング良く死ぬために、彼は生きてきたのかもしれない。

きっと、そうだ。

みんな、そうだ。

「邪悪な空気だ」ゲンジが目を瞑りながら囁いた。「この奥から流れてくる。これは我々に敵対する意志に間違いない。どうする？　フガク」

フガクの隣にいたワタルが拳を振る。「俺に任せておけ」

フミエは一番後ろで、きっと口を結んでいる。彼女の表情で、フガクも少し勇気がわいてきた。

四人は教授の死体をその場に残したまま、さらに奥へ進む。今度は、ワタルが先頭になった。通路はすぐ先で直角に曲がっている。

その角を曲がったところで、そいつが現れた。

暗くて相手の姿はよく見えなかったが、一匹だ。

そいつはジャンプし、ワタルに襲いかかった。

彼の反応は速く、右手のストレートがそいつに当たる。

フガクにも拳法の心得がある。一年間修行してきた成果を試すときが来たのだ。少し遅れて、彼もワタルに加勢した。

二人の戦士は、その魔物と戦う。

ワタルのストレート。

フガクのキック。

魔物はダメージを受ける。

しかし、ワタルは魔物に腕を噛まれて、倒れた。

次のフガクの渾身《こんしん》の一撃で、魔物は後ろに吹っ飛び、動かなくなった。

そいつは、オオカミくらいの大きさだった。

「大丈夫か?」ゲンジが蹲《うずくま》っているワタルにきく。

ワタルの躰は震えていた。

「毒だわ」フミエが叫ぶ。「待って、今、何とかするからぁ」

彼女はエンタープライズから一枚の白い貝殻を取り出して、ワタルの腕の傷口に当てる。

そして、訳のわからない呪文を唱えた。

「メンテ・ラオ・ニ・オープ」

ワタルは急に元気になり立ち上がった。

しかし、フミエは少し疲れたようだ。彼女は溜息をついて、額の汗を拭った。

「この近くには、今のところ、邪悪なものはいない」ゲンジが目を瞑り、遠くの空気を感じとるようにして呟く。「少し休もう」

四人は、そこで腰を下ろした。

壁にもたれて座った。
ワタルは鋭い目を輝かせ、呼吸を整えている。
ゲンジは杖の鈴を一度鳴らして、無の結界を張った。
フミエは抜け殻となり、魂は未来へ飛んでいる。
フガクは考える。
だんだん、自分たちの目的がわかってきた。
この奥へ、どんどん進んでいくのだろう。
奥へ、さらに奥へ。
幾多の敵が現れる。
四人で力を合わせて。
それらを倒しながら進む。
そして、彼らは成長するのだ。
それ以外にない。
戦い続ける。
何かを求めて？
そうじゃない。
何も求めてなどいない。

幻想だって?

しかたがないさ。
気がついたときには、ここにいたんだから。
みんな、そうだろう?

悩める刑事

A Detective in Distress

1

「まあ、鉄《てっ》ちゃん、相変わらず眠そうね」二軒隣の高村《たかむら》が高い声で言った。「お散歩に行きたがりませんの？　この子」

「ええ、散歩が嫌いみたいなの」三枝《さえぐさ》キヨノは微笑む。

鉄丸《てつまる》に比べて、高村家の犬は元気だった。今も主人の立ち話を一刻も早くやめさせようと、躰を前傾させ、必死に足を踏んばり、引っ張っている。毛の長い真っ白な小さな犬で、鼻が短く、ひしゃげた顔にぎょろ目をしている。グローリアと呼ばれているようだが、その犬に名前ほどの気品があるとは、キヨノには感じられない。

三枝家の自宅の玄関先である。キヨノは、愛犬の鉄丸を連れ出し、夫の帰りを待っていた。彼が乗ってくるバスはだいたい決まっている。たぶん次のバスに違いない。

鉄丸は、年寄りでもないのに、運動が嫌いな珍しい犬だった。毎日ただこうしてキヨノと一緒に主人を出迎えるだけ。鉄丸の使命はそれくらいしかなかった。愛想のない犬だったが、キヨノの夫にだけは尾を振るのである。

「お宅、警察なんですって？」高村は、キヨノに少し近づいて押し殺した声で囁《ささや》いた。何か悪いことでもしているみたいな言い方である。

「ええ、まあ」キヨノはしかたなく頷《うなず》く。

「知らなかったわ……、私」高村は少し不満そうな顔をした。

確かに近所づき合いがあまり良い方ではない。三枝家は、夫のモリオも、それにキヨノも、二人とも働いている。昼間は鉄丸しかいない。それに、都会の住宅地では、隣の人間が何をしているのか、家族構成はどうなのか、そんなことさえわからないといった状況が珍しいことではない。現に、キヨノは、高村の主人がどんな職業なのか知らないし、子供が中学生なのか高校生なのかも知らなかった。

しかし、こうして、こちらの職業の話をしてくるのは、自分のことをきいてほしいからだろうか、と少し勘ぐったりもしたが、彼女は黙っていた。

バスが見えた。バス停はすぐ近くである。

「鉄丸、バスが来たわよ」キヨノは囁いた。

鉄丸は耳を立てる。

高村は、軽く頭を下げ、犬ぞりのようにグローリアに引っ張られて行ってしまった。もう深夜近い。こんな時刻に犬の散歩をするのも物騒な話だ、とキヨノは思った。

2

三枝モリオはバスの中で考えていた。

いや、地下鉄の中でも、バスを待っている列でも、彼は、ずっと事件のことを考えていた。本当は考えたくないのだが、仕事だからしかたがない。

何故、被害者は全裸でなくてはならなかったのか？

理由が必要だ。

地下鉄のターミナル駅から三つ目のバス停なので、すぐ到着する。

モリオは疲労した精神とともに重い足取りでバスから降りた。彼の自宅はバス停から数十メートルのところにある。案の定、自宅の前で妻が待っている。彼女は手を振って、モリオを出迎えた。幸い、同じバス停で降りた乗客は全員、歩道を反対方向へ歩いていったので、モリオは恥ずかしい思いをせずに済んだ。

「お帰りなさい。お疲れさまでーす」キヨノが陽気に言う。

彼女の足もとで愛犬の鉄丸が眠そうに彼を見上げ、申し訳程度にしっぽを振って座っていた。

「まったく、お前は元気がないな」モリオは鉄丸の頭を撫《な》でた。

鉄丸は、二人を残し、すたすたと自分だけ家の中に入っていく。

「あいつも、何か悩みがあるんだろうか」

もう十時を過ぎている。金曜日の夜のためか、遠くで暴走族の馬鹿騒ぎのエンジン音が聞こえる。しかし、モリオはそんなことはどうでも良かった。平和な証拠とさえいえる。

「ご飯は？」キヨノが玄関で靴を脱いでいるモリオに後ろからきいた。

「ああ、食べたよ」

まず、黙って風呂に入った。

そして、湯船に浸かりながら今日も苦悩する。彼は、いつも風呂で悩むのである。

どうすれば良いのか……。

打開策はあるのか……。

顔に何度もお湯をかけながら、彼は憂鬱《ゆううつ》になる。

もちろん、生活に不満はまったくない。子供はまだいなかったが、最愛の妻。ローンはあるがマイホーム。何も不満などない。

とにかく、悩みは仕事のことである。そもそも、この仕事に自分は向いていなかったのだ。

しかし、それが、なかなか言い出せない。

誰に？

もちろん、妻のキヨノに言い出せないのだ。

モリオが風呂から出てリビングのソファに座ると、キヨノがにこにことしてビールとグラスを運んできた。

モリオはますます憂鬱になる。

キヨノは、モリオが最初の一口を飲んで、グラスをテーブルに置くまで、じっと期待の表情で待っている。まるで、スタートのピストルの合図に耳を澄ませる陸上選手のようだ。

「で、どうです？」

「何が？」

「何がって、お仕事よ」

「ああ」

「きっと、面白いお話があるんでしょう？」

「ううん、まあ、そこそこには」

「殺人事件？」

「ああ……」

キヨノはうっとりとした目つきで微笑み、自分のグラスにもビールを注《そそ》いだ。

「いいわね……、殺人事件かぁ……、私も、一度でいいから、自分で担当してみたいなあ」

そら始まった、とモリオは思う。

これが頭痛の種なのである。キヨノは、筋金入りの推理小説マニアだった。小学校四年生のときから、推理小説を読んでいたそうだ。翻訳されたもの、国内のもの、とにかく、名だたる作品は全部読んでいる。

人間、熱心に望んでいれば必ずそのとおりになる、というのがキヨノの口癖である。自分は刑事になるか、そうでなければ刑事の妻になる、と小さなときから強く望んでいたそうだ。信念とは確かに侮《あなど》れないものだ。

モリオは、結婚するまで、そんな話は聞いていなかった。もっとも、キヨノとの見合いの話がどうしてすんなりまとまったのか、当時のモリオは少々不思議に思ったものだ。

彼は背は低いし、収入も低い。学歴は平均的だが、話し下手だし、頭の回転も遅い。風采の上がらない彼にしてみれば、キヨノは美人なのだ。飛び切りというほどではないが、少なくとも自分にはもったいない女だ、とモリオは感じていた。だが、今にして思えば、キヨノは、モリオの職業に惹《ひ》かれていたのである。

それだから、余計にモリオは悩んでいる。

妻の期待を裏切りたくない。

それは、とてつもなく大きな期待だ。

こうして毎晩帰宅すると、妻は必ず無邪気に仕事のことをきいてくる。いつしか、このプレッシャにモリオの神経は衰弱していた。

「ね、ね、お話しして、お話しして」キヨノは絨毯《じゅうたん》の上に横座りになって、テーブルの上で腕を組んだ。

「まあ、そうだね……」モリオは、キヨノの可愛らしい仕草に、しかたなくまた話を始める。「女子高生が全裸で殺されていた。ビニルシートで包まれていて、川に捨てられていたんだ。そいつが、見つかった」

「すごーい！　ツイン・ピークスね！」キヨノの目が輝く。

「身元がわからない」

「場所はどこ？」

「矢作川《やはぎがわ》。一度、一緒に行ったことがあるだろう？」

「あ、岡崎《おかざき》ね」

モリオはグラスのビールを飲み干し、煙草に火をつけた。

「ね、死因は？」

モリオは首に手をやる。

「首を絞められていたの？」

「ああ」

「それだけ？」

「それだけ」

「ねえ、教えて、何が問題なの？」

「問題って？」モリオは煙を吐きながらソファにもたれる。

「何か普通じゃないところがあるんでしょう？　だって、あなたの顔にそう書いてあるわ」

「そうかな……」モリオは自分の顎をさすった。「別に……」

「私に隠そうったって、そうはいきませんよ」キヨノが不敵に微笑んだ。「そうだ、一つ疑問があるわ。女子高生だっておっしゃったけど、どうして女子高生だって、わかったの？　だって、身元がわからないんでしょう？」

なかなか鋭い。

キヨノはいつもそうなのだ。きっと、そういうことばかり考えていると、誰でも名探偵になれるのだろう。そう、強く望んでいれば……。

「うん、もちろん、女子高生じゃないかもしれない。ただね、一緒にセーラ服が見つかったんだ。近くにある私立の女子高の制服だった」

「じゃあ、当然、その学校の生徒を調べたわけね。それでも、わからなかった……、ってことは、どういうことかしら？」

「そう、そこが謎だ」モリオは頷く。「行方不明の生徒は一人もいなかった」

「転校していった生徒も調べたの？」

「もちろん、全部調べたよ。だから、制服を持ってはいたが、その学校の生徒ではなかったというわけだ」

「制服なんて、誰でも買えるわよね」

「まあ、そうかな」

「制服にネームが入っていなかった？」

「なかった」

「学生じゃない人に、制服を売った記録は？」

「それもない」

「ねえ、そもそも、その被害者とセーラ服は関係があるの？　ただの偶然で、その死体の近くに落ちていたんじゃないの？」

「いや、同じビニルシートの中にあった」

「あ、そう……」キヨノはビールでほんのり赤くなった顔を上げ、天井を見る。「あれ？」

「ん？　なんだい？」

「どうして、全裸だったわけ？　服を脱がせるっていうのは、身元をわからなくするためでしょう？　だって、そもそもその目的で川に捨てたんじゃないの？　死体を隠そうとしたわけよね。不思議だわ」

「そうとも限らないな……。生きているときに脱がせる必要があって、殺してから着せるのが億劫《おっくう》だっただけかもしれない」

「でも、どうして、セーラ服を一緒に捨てたの?」

「さあね……」

「何か理由がある?」

「まあ……」モリオは面倒臭そうに言う。「それを考えるのが当面の僕の仕事だ」

「面白そう……」

「面白かないよ」

「そうかなあ……」キヨノは首を傾《かし》げる。「羨《うらや》ましいわ、あなたのお仕事。それに比べて、私なんか、毎日毎日、同じことの繰り返しなんですもの」

3

次の月曜日、モリオはついに辞表を出した。

それは、実にあっけないものだった。思っていたとおり、彼の辞表はすんなりと受理された。彼のような職場では、日常茶飯事のことなのだ。

モリオは午後の時間を持て余し、地下街とデパートをぶらぶらと歩き、本屋で立ち読みをして、喫茶店でコーヒーを飲んだ。それから、学生時代からずっと行っていなかったパチンコをした。玉も煙草もすぐになくなった。

いったい、自分は何を望んでいるのだろう？

望み方が足りなかったのだろうか。

人生のビジョンがしっかりとしていない。それがいけなかったのか。

いつから、こんなふうになってしまったのだろう。

少なくとも、結婚するまえはこうではなかった。

キヨノと結婚して、彼は満たされた。それが、彼のハングリィ精神を綺麗さっぱりと漂白してしまったかのようだ。彼の仕事には、ハングリィ精神が何よりも大切だったのだ。それは、今どこへ行ってしまったのだろう。いや、ハングリィ精神をエネルギィにして働いていたことが、はたして幸せだったのだろうか。どうして、そうまでして働かなくてはならないのか。

暗くなったので、駅裏の屋台で少し飲んで、それから地下鉄に乗った。そして、いつものようにバスには乗らず、ぶらぶらと歩いて帰ることにした。時間がずいぶん早かったからだ。

自宅の前まであっと言う間に来てしまった。

キヨノも鉄丸も玄関先には出ていなかった。何故か、そのまま家の中に入る気がしなくて、彼は反対方向に少し引き返し、団地の中の小さな公園で、ブランコに腰掛けて煙草を吸った。

ときおり、犬を散歩につれてきた老人や中年の女が彼を一瞥したが、気にしなかった。ブランコの鎖がきいきいと音を立てる。

辺りは静まり返り、少し離れた大通りの車の音が聞こえた。

仕事を辞めたことは後悔していなかった。

もう、半年もまえから、それは決めていたことだった。ただ、辞めるタイミングを計っていたのだ。なるべく同僚に迷惑をかけたくなかっただけである。

けれど、たぶん、いつ辞めても、誰にも迷惑などかからなかったのに違いない。彼は有能ではなかったし、この仕事にも向いていなかったのだ。彼が辞めたところで誰も困らない。

それとも、向いていないと思い始めたとき、有能でなくなったのだろうか。

何かもっと創造的な、人間らしい仕事がしたかった。地位とかお金とか権力とか、そんなものには関係のない、素朴な仕事がしたかった。

仕事と呼ばれている行為に、そういうものがあるのだろうか。どうして、みんな仕事に対してあれほど一所懸命になれるのか。自己催眠でもかけているのだろうか。

彼がいくら目覚ましい活躍をしたところで、犯罪が減るわけではない。誰かの命が助かるということもたぶんない。いや、そんな些末な理由はどうでもいい。ただ単に、不条理なことを考えることに疲れたのである。政治的な判断に嫌気がさしたのかもしれない。最初から目的も結果も全部決まっていて、あとから理由を考えるような作業、それが仕事の定義だろう。

十年も勤めてきた仕事を辞めたことに対して、モリオは後悔などしていない。それは本当だ。いやむしろ晴々《はればれ》しい気持ちだった。

ただ一点、キヨノのことが気にかかっていただけである。妻は、モリオの仕事に興味を持っている。異常とも言える興味だ。辞めたことを、どう切り出そうか、それが問題なのである。

できれば、辞めるまえにキヨノに告げるべきだった。相談すべきだったかもしれない。それが、できなかった。彼女の楽しそうな顔を見ていると、とても言い出せなかったし、仕事を辞める決心さえ揺らぎそうだったのだ。

辞めてしまえば、なんとかなるだろう、という楽観的な予感も、こうして、真っ直ぐに帰宅できずにいる自分を見れば、期待を裏切られた、といえるだろう。

モリオは深い溜息をついて、また新しい煙草に火をつけた。ペットボトルのような自分の小心さが情けなかった。

4

三枝キヨノは、今日も地下鉄の駅から自宅まで歩くことにした。いつもより遅い時刻だったので、バスに乗ろうかとも思ったが、待ち時間を考えれば、それほど時間が短縮できるわけではないし、それにまだ夫が帰宅するには早い時刻だった。

だいたい、彼女は子供の頃からバスが嫌いだった。遠足などでも、いつも気分が悪くなった。バスといえば、そんな悪い印象しかない。だから、十五分ほどの距離をいつも彼女は歩くことにしていた。運動不足の夫も、このくらいは歩けば良いのに、とキヨノはいつも思うのである。

彼女は悩んでいた。

それは、微妙な問題だった。

悪い話ではない。むしろ、飛び上がりたくなるほど、嬉しい問題だった。

実は来月の配置換えで、長年、切望していた仕事につけることを、今日、上司から言われたばかりであった。それは、キヨノにとって願ってもないことだった。望んでいれば叶《かな》うものだ、と彼女は内心微笑んだ。けれど、夫のことを考えると単純には喜べない。

もちろん、配置換えの話を断るつもりなどまったくない。彼女が希望を出して、それが認められたのだから、今さら断ることはできない。だから、いずれを選択するのか、といった悩みではない。そんな仕事上のことではなかった。

問題は、モリオは何と思うだろう、という点にある。今回の配置換えで、彼女はきっと忙しくなり、帰りも不規則になる。夫よりもさきに帰って、食事や風呂の準備をすることもできなくなるだろう。いや、そんなことは小事な問題だ。そうではない。もっと微妙なのである。それは、夫のプライド、ナイーブな彼のプライドの問題なのだ。

そう、彼女の夫は、とても難しい。

キヨノは夫を愛している。モリオは優しくて、純粋で、素朴で、とても可愛い人だった。だが、子供のように臍《へそ》を曲げることがある。最近、どうも仕事が面白くないようだし、元気もない。仕事柄、そういったことは今までにもよくあったが、今回はかなりまいっている様子である。こんな時期に、彼女の昇進の話はまずいかもしれない。

しばらく、黙っていた方が良いだろうか。

きっと、そうだろう、と彼女は思う。

どうも、モリオに仕事のことをあまり尋ねない方が良いのかもしれない、と最近思い始めている。彼女にしてみれば、興味本位できいているのではなかった。結婚当初の若い頃は、そういった話が彼女は本当に好きで、確かに興味本位で夫にきいたものだ。当時は夫も嬉しそうにいろいろと話してくれた。その惰性というのか、形式的なものだけが今まで続いている。形骸《けいがい》だけが残ってしまって、近頃では、むしろ逆効果ではないかと感じられた。

彼女自身、結婚して、仕事をして、大人になった。最近では決して興味本位で夫から話をきき出しているのではない。モリオの仕事をなんとか応援したいという気持ちが、彼女に演技をさせている。可愛らしい妻を演じていたのだ。それは、しかし妻としての務めだとも思っていたし、仕事に比べれば簡単なことだった。演じていて楽しくもある。

だが、最近の夫はずっと悩んでいる。隠せるような人ではない。仕事が面白くないのだ。

それは間違いない。キヨノにはそれが心配だった。

先週末の晩の話を思い出す。

女子高生の全裸死体の事件をモリオは話した。もちろん、キヨノは気がつかない振りをしたが、本当は、夫の作り話に、大笑いしそうだった。彼はきっと、その場の思いつきで話したのに違いない。あんなでたらめの話をして……。

このまま、ずっと演技を続けるわけにもいかない。いつか破綻《はたん》することは目に見えている。

でも、どうしたら良いだろう。

夫婦の会話というのは、仕事よりもずっと難しい。

5

キヨノは、近道をするため、団地の中を通り抜けることにした。まだ、時刻は八時過ぎだった。

この辺りの県営住宅は最近人気《ひとけ》がなく、ゴーストタウンのように静かだ。照明がついている窓も疎《まば》らだった。彼女の歩く靴音がアスファルトにこつこつと響く。丸いガラスの街灯が忘れた頃にぽつんと浮かんでいて、ひび割れたコンクリートの建物に彼女の影を大きく映した。

それにしても、モリオの作り話は可笑《おか》しかった。彼女は再び思い出し笑いをする。キヨノは夫の前ではできるだけ笑わないようにしていた。職場で笑うときのような大声は出したことがない。家庭では、彼女はずっとそういう妻を演じているのだ。

女子高生の全裸死体……。よく咄嗟《とっさ》にあんな作り話をしたものである。確かに夫には、その手の才能がある。若い頃にはもっと切れ味があった。

しかし、キヨノを失望させないために、モリオはあんな嘘をつくのである。そこがまた可愛い。彼女が可愛い妻を演じているように、ひょっとして、彼も可愛い夫を演じているのだろうか。

なるほど、それは悪いことではない。それが愛情というものかもしれない。演じなければ動物と同じなのだから……。

でも、このまま、ずっと演じ続けるのか。そんな人生が続くのだろうか。

後ろを歩く靴音が聞こえ、彼女はなにげなく振り返った。数メートルのところに若い男の影がある。しかし、彼女は気にもとめず、団地の集会所の敷地を通り抜けるため、左手の小《こ》径《みち》に曲がった。

男が後ろから駆け寄ってくる。その勢いに、彼女は一瞬立ち止まった。急いでいる男が追い越していくものと彼女は思った。だから、少し傍《わき》に退《ど》こうとした。しかし、彼は、彼女のすぐ近くで、急に方向を変え、ぶつかってきた。

キヨノは、撥《は》ね飛ばされる。

集会所のコンクリートの壁に当たって、彼女は倒れた。

声も出ず、立ち上がろうとしたが、男の顔がすぐ近くに来る。冷たい金属が、キヨノの顎《あご》の下に押しつけられた。

全身の血が凍りつくように、寒気がした。

「黙ってろ」低い声で男は唸《うな》った。

男の白目に血管が見える。

彼女は、ハンドバッグを右手に持ったままだ。

男は意外に落ち着いている。

首もとに当てられたナイフ。

男の息が彼女にかかる。

右手にはナイフ。

男のもう一方の手は、彼女の頭の後ろに回され、髪を摑《つか》んでいた。

とても逃げることはできない。

「お金?」キヨノは囁いた。

男は、左手を彼女の頭から離し、ハンドバッグをひったくる。

ナイフの圧力は消え、キヨノは少しだけ後ろに身を引いた。

集会所の芝生の上に彼女は倒れたままで、上半身を斜めに起こしている。頭の後ろは、数十センチでコンクリートの壁だった。低い樹が取り囲んでいて、どこからも、彼女のいる場所を見ることはできない。近くに助けを求めるようなところもなかった。

「ずっと大人しくしてろ。騒いだら、戻ってきて殺《や》ってやるからな」

男はナイフを差し出したまま、そっと立ち上がり、キヨノの脚をまたいで中腰になる。ようやくナイフがキヨノの視界に入った。大きな工作用のカッタナイフだった。

キヨノは黙って動かない。

彼女は男の顔を凝視していたが、暗いうえに、逆光だったので、人相などまったくわからなかった。ただ、工員ふうのぶかぶかのズボンだけが目についた。

男は、大人しくしているキヨノを見下げたまま、ゆっくりと後ろに下がった。

「待って」キヨノは相手を刺激しないように優しく言う。「ねえ、バッグはいらないでしょう? お金だけ持っていったらいいわ」

「怖くねえのか?」男はナイフを振って再び彼女に一歩近づいた。男の態度は、落ち着いている。手慣れていることがわかった。手慣れていない方が危険である、ということを彼女は知っていた。

「そのバッグに、三万円くらいなら入ってるわ。でも、それ……、そのバッグだけは置いていって、お願いだから。高いものじゃないけど、とても大切にしているものなの」

男は背伸びをして、周囲を見回し、それから腰を屈《かが》め、キヨノを睨《にら》みつけた。暗くて顔はよく見えないが、仕草はまだ若そうだった。

「そこで、じっとしてろ」

男は、キヨノのハンドバッグを開けて、後方の街灯に向け、中を見た。このとき、彼はナイフを右手から左手に持ち替え、バッグの中に右手を突っ込んだ。ナイフを持っている左手は、バッグも同時に摑《つか》んでいる。キヨノはそれを見て、立ち上がった。そして、敵意がないことを示すために洋服をはたきながら、そっと彼に近づいた。

「暗くて見えないでしょう？　出してあげましょうか？」

キヨノは、男の左手首を両手で摑んだ。

自分の膝を折り、重心を下げ、体重を男の手首にかける。そして、それを男の背中に捻《ひね》りながら押しつけ、全体重をあずけた。

男は猛獣のような声を上げた。

「誰か！」キヨノは大声を出す。「誰か来て！」

二人は花壇の中に倒れ込み、男の右手が、キヨノの膝《ひざ》をもの凄《すご》い力で摑んだ。しかし、彼女の両手は男の左手を離さない。キヨノは脚を蹴り上げ、男の右手を払う。そして、彼の背中に顔を埋め、両脚を大きく開いて、男の上にのしかかった。ナイフはついに男の手を離れ、地面に落ちる。

「大人しくしなさい！」キヨノは叫ぶ。「腕が折れるわよ」

しかし、男は抵抗した。

キヨノの手は痺《しび》れ、しだいに男は起き上がろうとしている。彼女を背中に背負ったまま、立ち上がろうとしていた。幾度も彼女の両足が地面を離れる。握っている男の左手は、汗で滑《すべ》りそうだった。

キヨノは、地面に落ちたナイフの位置を確認しようとした。しかし、その瞬間、彼女は撥ね飛ばされた。

男の手首が折れた、と彼女は思った。

男は叫び、キヨノに飛びかかる。

彼はナイフを拾わなかった。

仰向けに倒れたキヨノに男はのしかかり、彼女の頭は、芝生からコンクリートのブロックに落ちる。彼女の首に男の両手が押しつけられ、彼女の両手が、その手を摑んで抵抗した。

男の左手は利いていない。

だが、右手は強力だった。

彼女は男の左手を叩いた。
男の右手は彼女の首に食い込む。
息ができなくなった。
膝を曲げて、蹴ろうとしたが無理だ。
頭の下で、砂がじゃりじゃりと音を立てる。
不思議なことに、キヨノは、このとき、モリオの顔を思い出した。
今日は、ご飯が作れないから、お茶漬けだ……。
モリオはがっかりするかしら……。
そろそろ、子供が欲しい……。

6

キヨノの首を絞めつけていた圧力が魔法のように消える。
意識が戻ってきて、彼女は何回も早い息をした。
自分の首に手をやって、確かめる。
まだ、男の手がそこにあるような気がした。
どうなったのか、わからなかった。

唾を飲み込むと、数秒遅れて、突然、周囲の音が聞こえるようになり、二人の男がすぐ近くで呻《うめ》きながら取っ組み合いをしているのがわかった。

遠くから、二人の男がこちらに走ってくるのも見えた。

「どうした⁉」

「助けて！」キヨノは叫ぶ。

三人の男たちが、一人の若者を押さえつけるのをキヨノは座って見ていた。まだ立ち上がれなかったのだ。

やがて静かになり、若者は明るいところに連れ出され、二人の男が彼の腕を背中に回して躰を地面に押さえつけた。

キヨノは立ち上がり、髪の砂を払う。

足もとにカッタナイフが落ちていた。

地面に伏せて、ぜいぜいと息をしている若者は、髪が長く、よく見るとまだ少年だった。

最初に、キヨノを助けてくれた男が、起き上がってズボンを払っている。彼女が近づいていくと、向こうもこちらを見て驚いた。

「キヨノ……か？」

「モリオさん！」

キヨノはナイフと自分のハンドバッグを拾い上げる。集会所の前の街灯の下まで、二人は出た。

さらに何人かが集まり、一人の少年を見張るには充分な人数になった。近くのガソリンスタンドに、誰かが電話をかけに走っていく。

「大丈夫か？」モリオは煙草を出して火をつけながらきいた。

「あなたは？」

「明日はきっと、躰中痛いだろうな」

「私もよ……」キヨノも自分のバッグから煙草を出して火をつける。「この近くにいらっしゃったの？」

「ああ、そこの公園にいた」

「まあ……」キヨノは可笑しくなって吹き出した。「こんな時間に、ブランコにでも乗ってらしたの？」

「そうだ」煙を吐きながら、真面目な顔でモリオは答えた。

「どうして？」キヨノはくすくすと笑いながらきく。「また、鍵をなくしたの？」

以前に一度、モリオが鍵をなくして、家に入れなくなったことがあったのだ。そのときにも、彼はやはり公園でブランコに乗って、キヨノの帰りを待っていたのである。

「いや、鍵は持ってる」モリオはにやりと笑った。「キヨノ、実は……、僕……」

「仕事を、お辞めになったのね？」

「どうして、わかった？」モリオはびっくりした顔になる。

「顔に書いてあるもの」

「いや、実は、本当に書こうかと思った、マジックで」

キヨノは手を叩いて大笑いする。

初めて、夫の前でこんな大笑いをした。

離れたところにいたやじ馬たちが全員二人の方を見る。

「ちょっと、あちらへ行きましょう」キヨノは、モリオの背中を押して石段を上る。そこは小さな公園で、誰もいない。

二人は並んでブランコに座った。

そして、しばらく黙っていた。

モリオは動かなかったが、キヨノは足を上げ、ブランコを少し揺すった。

きいきいと鎖の音。

「僕には、結局、向いていなかったんだ。何か、もっと……」

「ええ、もっと、面白いお仕事を……、ゆっくり探して下さい」キヨノは優しく言う。

「もっと、童話とか、子供向けのものが書きたい。暴力とか、殺人ばかりの話なんて、駄目なんだよ」

「ええ、私もそう思う。ええ、本当に」

「どうして若い頃はあんなものが書けたのかなあ」

夫は、若くしてデビューしたミステリィ作家だったが、最近ではテレビやラジオのサスペンスドラマの脚本の下請けをしている。オリジナリティとかユニークさの欠片《かけら》もない、集団制作の製品だった。部品を組み合わせ、流れ作業で完成させる、お手軽で、すぐ壊れてしまうストーリィなのだ。たぶん、そんなオートメーションこそが、夫が馴染《なじ》めないものの本質だろう、とキヨノは理解していた。

「歳をとったんだなあ」

「きっと、だんだん、あなたが優しくなったのよ」キヨノは微笑んだ。

サイレンが近づいてきた。

公園のすぐ目の前にパトカーが停車し、警官が二人現れた。やじ馬たちがざわめき、既に力尽きている暴漢を立たせて、警官たちに突き出した。彼は、パトカーの後部座席に乗せられる。

続いて、救急車ともう一台パトカーが到着した。

キヨノはブランコを降り、公園から出ていった。モリオは、煙草を足もとでもみ消してから、妻についていく。

キヨノは、若い警官に真っ直ぐに近づいた。

「襲われたのは私です」彼女は歯切れの良い声で若い警官にそう言った。それは、モリオがあまり聞いたことのない、彼女の声だった。しかし、彼は悪い気はしない。そんな妻の凛々《りり》しさが好ましかったからだ。

キヨノは、持っていたナイフを警官に手渡す。

「これが凶器。怪我はありません。主人と、それに、あとお二人、助けにきてくれたんです」

「そちらの方も、怪我はありませんか?」警官はモリオの方を見て尋ねた。

モリオは肩を竦《すく》め、頷く。

「うちの女房が、やつの手首の骨を折ったみたいだ」

「ちょっと、私たちもう帰りたいの。あと、お願いできる?」キヨノは警官に言う。

若い警官はきょとんとした表情で答えた。「あ、いや、一応ですね、お話をおききして、書類にサインをしていただかないと……」

「それは明日、そちらに行きます」キヨノはそう言って、ハンドバッグから手帳を出して見せた。

警官は、それに気がついて、敬礼をする。

「わかりました。ご苦労さまでした」

自宅までの数百メートルを歩く途中、モリオは、小さな声でキヨノに言った。

「いや……、ありがとう……。打ち明けて、すっきりしたよ」

「え？　何のこと？」

「仕事を辞めたこと」

それを聞いて、キヨノは少しだけ悩んだ。

自分が捜査一課に配置換えになることを、いつモリオに打ち明けようか。

いや、そんなこと、別にいつだって良い。

今夜は、望んでいたものを一つ手に入れたのだから……。

小学校四年生の夏休み、通信簿を見た父親が初めておこづかいをくれた。そのときにも、同級生たちが持っているシャープペンシルを買いに走ったのに、ただ見るだけで満足して帰ってきてしまったキヨノだった。

心の法則

Constitutive Law of Emotion

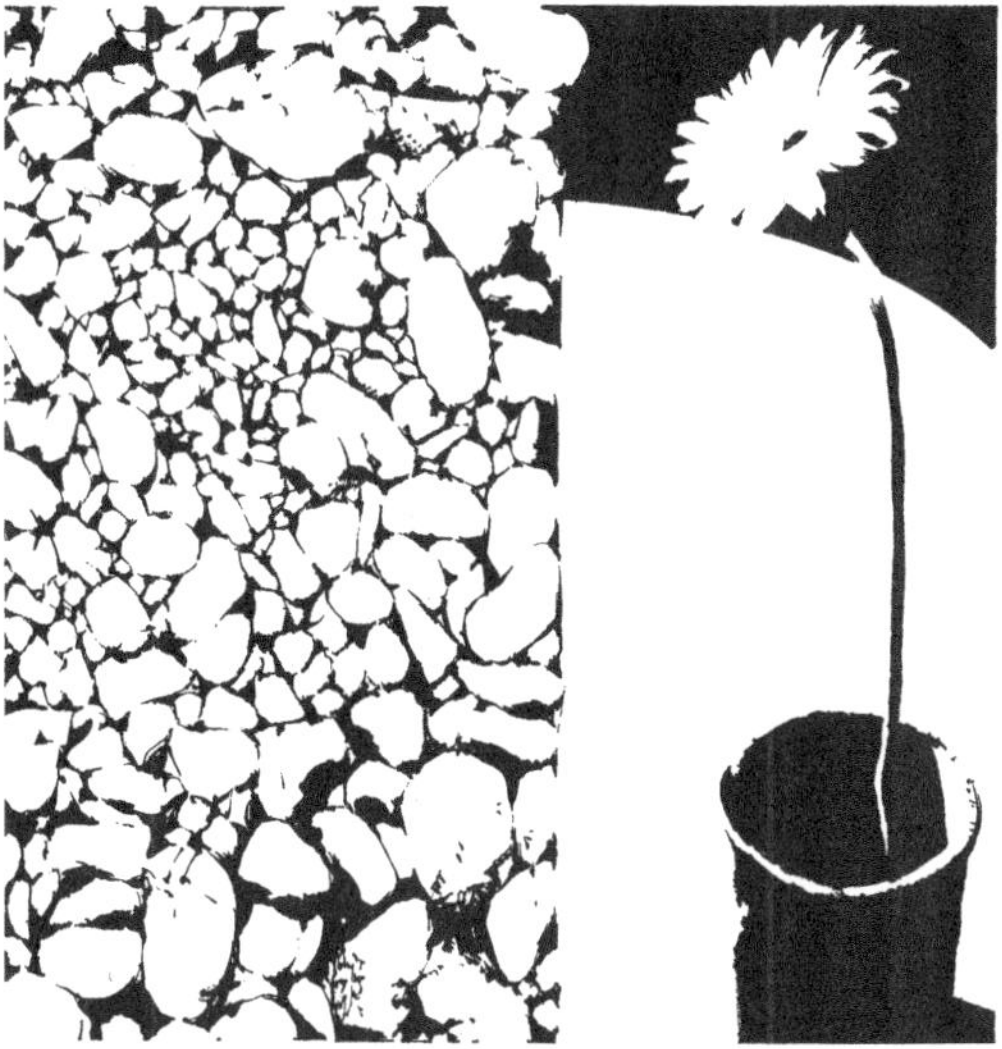

1

モビカ氏とは、それほど親しい仲ではない。

知り合って一年にも満たないし、実際に会ったことは三度しかない。一度目は銀杏荘《ぎんなんそう》という名の洒落《しゃれ》た喫茶店であった。二度目は、おそらく私の夢の中であったと思う。いうまでもなく、この印象は曖昧だ。そして、最後のときは、三重県と奈良県の県境にある、安濃《あのう》鉄道の「中木津《なかきづ》」という古びた駅のホームであった。

モビカ氏は、私より少し若い。彼がどんな仕事をしているのか私は知らない。しかし、おそらく、それは文字や音ではなく、視覚的な、形に関係のある職業だろう。デザイナか、写真家か、建築家か、あるいは画家か彫刻家か。というのも、彼の思考が、どうも言葉に還元し尽くされていない、と感じられることが往々にしてあるからだ。それに比べ、私は、音にだけは敏感な人間で、たとえば、モビカの姓にしても、どんな漢字を書くのか思い出せない。最初にモビカ氏に会ったとき、彼は、冷たいグラスからテーブルに伝い落ちた水滴で文字を書き、自分の珍しい名字を私に教えてくれたはずだ。それを、結局、私は忘れてしまった。私は、モビカという、ハウリングしそうな音に、静的な漢字を当てるのが不自然だと思ったことだけを覚えている。彼は、名前からして、文字に還元できない印象を持っていたのである。

さて、モビカ氏と三度目に会った日のことを話そう。

中木津は、無人駅である。少なくとも、モビカ氏が降り立つまで、無人だった。ホーム（そう呼ぶにはいかにも不似合いであるが）は、土と石、それに草と木でできているような代物で、きっと、大雨が降るごとに溶け出して、少しずつ滑らかで平坦な造形に変化していることだろう。

肌色とオレンジ色の二色に塗り分けられた二両編成の内燃気動車から、モビカ氏はにこにこと微笑みながら降りてきた。

「お久しぶりです」私は挨拶する。

モビカ氏は、背の高い女性と同伴で、「姉です」と私に紹介してくれた。彼女は私に一礼するや、ホームの隅の植物に目をやって、いかにも感動したという高い声でその雑草の名前をモビカ氏に教えた。彼女の声は、透き通るような、そして心を突き刺すような綺麗な音だった。

モビカ氏は、自分たちが今乗ってきたディーゼルカーが遠くに消えるまで見送ってから、「あれは、昭和三十年頃まで静岡の何某鉄道にいた車両です」という内容を嬉しそうに私に語った。

いずれにしても、私には、草の名も鉄道の名も、まったく記憶できなかった。

私は、興味のない対象を、何でもすぐに忘れてしまう質《たち》なのだ。いや、忘れてしまうというのではない。インプットしないといった方が正しいだろう。もちろん、モビカ氏たちの態度は、非常に無邪気なものだったので、自分の知識を他人に顕示しようという印象などまるでない。特に、モビカ氏の姉は、初めて遠足に出かける小学生のような軽い足どりである。

私たちは、この辺りの名所といわれている小さな滝のある山路へと向かう。私が知っていたこのちょっとした秘境を、モビカ氏に紹介するというのが今日の目的だった。

モビカ氏の姉（実のところ、彼女の名前を私はとても知りたかったのだが、ついにきけなかった）は、並んで歩いている私とモビカ氏より、前方になったり、後方になったり、常に離れて一人で歩いていた。彼女は、何度もしゃがみ込み、草を見てはそれに触れ、また勢い良く駆け出しては止まる、といった不規則な進み方で、私たちの話に加わろうとはしなかった。

モビカ氏と私は、最近読んだ共通の書物について話した。けれど、私はモビカ氏の姉が非常に気になり、たぶん、モビカ氏の話のほとんどを上の空で聞いていただろう。

秋とはいえ、風はなかなか肌寒く、連峰も上層はほのかに白い。空は、宇宙に届くほど巨大で、視力を麻痺させてしまうかのような高さだ。歩くにつれて樹々が増し、風で小枝が揺れている。それに伴って、私たちの行く先の地面では、細かい無数の光の粒子が不規則に運動している。

モビカ氏が三十歳前後であることを思えば、彼の姉は若く見えた。

髪は長く軽そうで、それは同時に彼女の容姿の形容を象徴している。ありきたりの表現で換言すれば、清楚な女性である。私は、彼女を見ては記憶し、それ以外の風景を見ているときは、その記憶を再生していた。彼女の着ているものも、気体のように軽そうで、ときどき、本当に風をはらんだ帆のように膨《ふく》らんだ。

私たちは、渓流に架かる橋を渡り、「自然歩道」と呼ばれる小径《こみち》に出た。目的地の小さな滝までは、まだ二キロほどある。田舎道ではあるが、天気も良く、家族連れの観光客が時折視界に入った。私たち三人が歩く音は、まだ乾燥していない落葉のために吸収され、ビニルを踏んでいるような礼儀のない不愉快さが少しあった。そのためか、私は、いつにもなく早足になっていたようだ。

以前、モビカ氏と会ったとき、私たちの話題が「心の法則」に関するものであったことを思い出して、私は、徐《おもむろ》に彼に尋ねてみた。

「先日の、例の法則については……、その後、どうです？　もうお試しになられましたか？」

「ええ……」モビカ氏は、ポケットから出した煙草に火をつけて、少し微笑んで答えた。「先月でしたか、長野に行ったときです。実践してみましたよ。初めてのことです」

「ほう、是非、そのときの話を聞かせて下さい」

「ここと同じような田舎道で、大きな薬缶《やかん》を運んでいる老人に出会いましてね、それは、非常に興味のある対象でした。というのも、彼の表情が大変一般的なものであるにもかかわらず、私はどういうわけか、その場で、その老人の表情に、酷《ひど》く凄惨《せいさん》なものを感じて、驚いてしまったんですよ。そこで、私は修得した方法で精神の次元を高め、老人を人形のように静止させて観察しようと試みました」

「うまくいきましたか？」私は尋ねる。

「倒れてしまうのではないかと錯覚するほど、微動だにしない彼を、私は見ました。いや、洞察したのです」

「つまり、成功したのですね？」

「そうです」

モビカ氏は、そう言って頷き、口を斜めにして煙草を吸った。

「その、次元を高める、というのは、具体的にはどういった行為なのですか？」私はきいてみる。

「精神の端末的な一部分を、いわゆる興奮状態に晒《さら》すことです。まあ、効果としては、経時的な因子が最も強いわけですが、自ら錯覚を喚起することによって、感情を思考の道具とする単純な手段ですよ。わかっていただけないかもしれませんが……」

「夢を見る行為と同じようなものですか？」

「そう、そうです、そうです」モビカ氏は煙を吐きながら頷いた。「ただ、視覚する映像として実際のものを投影するわけですけどね」

「なるほど……」

私は頷いてみせたが、いつものとおり、モビカ氏の説明は言葉不足だと思った。

モビカ氏の「心の法則」とは、精神の機構に関する彼の理論の総称であるらしい。実は、「法則」ではなく、正確には「構成則《こうせいそく》」が正しいのだが、その語彙《ごい》が私には馴染まないので、以前にきき直したところ、「まあ、法則でも同じようなもの」と彼は答えた。ハード的に言えばメカニズム、ソフト的に言えばアルゴリズム。そう、思考のアルゴリズムであろう。すなわち、人間の頭脳の中で生じる流れ、分岐の反応は、まったく乱数や確率的な要素を包含せず、正確な電気・化学反応であり、いわゆる人間性を持たない。往々にして自覚される「迷い」「錯覚」さらに「意識」といった実体のない症状は、肉体的な応力、熱、あるいは分泌物による障害である……、といった内容の、よくある話が基《もと》であった。

モビカ氏は、これを逆に利用し、肉体的行為を基本とした制御活動によって、障害を意図的に誘発し、「錯覚」を起動させることが可能であると論じ、この行為を「逆感情」あるいは「精神場の変換」と呼んでいた。精神の座標は肉体であり、不動の点を、座標の歪《ゆが》みによって見かけ上、動かすことができる、という理屈らしい。以前に会ったとき、モビカ氏は、この手法を自ら訓練中だ、と話していたのである。

もちろん、私は、確定性理論の信者ではないので、モビカ氏の持論を自分が経験することは不可能だろうと感じていた。しかしながら、精神科医を志す私には、モビカ氏の論じる不明瞭な理論を連想させるような、そんな実現象に遭遇する機会が（証拠というには不足だが）日常的にあったのである。それらを、ここで詳しく述べることはしないが、むしろ、モビカ氏以上に多かったこれらの機会のためだろう、彼の理論をとうてい否定できない立場に私は既にいたのだ。さらに、もう一つ、私の博士論文の課題が「意識の起源」（これについては別の機会に詳述するとして）に関するものだったこともあり、モビカ氏の実験の結果には少なからず興味があった。

けれど、その日の私は、モビカ氏の姉が本当に気掛かりでならなかった。

私は、彼女と話をしてみたかった。そんな機会が、目的地の滝に到着するまでに訪れることを切望していた。

彼女が軽い足どりで私のすぐ横を追い越していくとき、彼女の髪が、私の肩に触れそうになった。ふと見ると、彼女の白い手は、いつ拾ったものか、幾つもの小石で満たされている。

握っている手に力を入れれば、ぎしぎしと小石が擦《こす》れ合う心地の良い音がするだろう。私は、その音を思い浮かべた。

「姉は、石ころを集めているんですよ」モビカ氏は、私の視線に気づいて説明してくれた。

「それが、珍しい石とか、化石とか、そういった価値のある石では全然ないのです。彼女は、拾った小石を家に持ち帰って、その全部を絵の具で塗ってしまうんですから」

呆れた様子で手のひらを上に向け、モビカ氏は煙を吐いた。

「変わってるでしょう?」

「別に変わった趣味とも思いません」私は、彼女のその行動が、不思議に高尚なものに思えたので、咄嗟《とっさ》に弁護したのだが、どうして、そう思ったのか自分でも驚いた。

「綺麗な心のすることです」そう言って、私は顔が少し熱くなるのを感じて、樹々の隙間から空を見上げた。

「それは……、たぶん錯覚ですよ、橋場《はしば》さん」モビカ氏は言う。

長い真っ直ぐな上り坂にさしかかる。モビカ氏は、私の顔を見たまま、まだ笑っていた。

2

上り坂を歩きながら、私は夢を見た。

彼女の部屋へ向かって私は階段を上っている。

一階の玄関は吹き抜けで、幅の広いその階段は、緩やかにカーブしながらバルコニィのような二階の通路まで延びていた。鍾乳洞のつららを連想させるような逆円錐形のシャンデリアを横に見て、私はステップを一段ずつ上がる。

突然、彼女が二階に現れ、白い手摺《てすり》越しに私を見下ろした。

「橋場さん……、早く上がっていらして。待っていました」

彼女は、私に微笑み、手招きをしてから、さきに部屋の中へ姿を消した。二階の廊下にはその扉しかない。

木製の重そうな扉は開いたままになっていて、部屋の中に入ろうとすると、右手の一面にはモザイクのような異様な色彩の壁、そして、高い天井から威嚇する大きなステンドグラスのランプが私を圧倒し、さらに、良質の敷物が靴を隠すほど深い。

石でできているのではと錯覚するような、光沢のある表面の白い机の上には、数十にも及ぶ色彩に塗装された小石が、色別に整然と並んでいる。

なるほど、彼女は、自分の部屋の壁にモザイク画を作るために小石を拾い集めていたのだ。そう気がついて、私は一層、彼女を愛《いと》しく、そして純粋な人格に再定義する。

私は、実は彼女に気に入られたいために壁に近づき、彼女のその未完の大作を鑑賞する振りをする。けれど、私の眼は、メガネの横から、テーブルの向こうで紅茶の用意をしている彼女の後ろ姿を追っていた。

なんというバランスの良い姿だろう……。彼女の姿態は、綺麗な和音のように洗練されている。

「このように、いろいろな大きさで、しかも、平らな石を探すのは大変でしょうね」

私は、振り向いた彼女から機敏に視線を壁面へと移した。私の眼球の奥には、彼女の端正な横顔、そして遠心力で優雅に広がる黒髪が残像となる。

「貴方がご想像になるほどの苦労でもありません」彼女は恥ずかしそうに答える。「ちょうど良い形のものがないときには、ヤスリで削ったりもしますから」

「なるほど、ヤスリですか」

「どうぞ召し上がって下さい」彼女は、紅茶を私の前のビューロに置く。

私は、薄い陶器のカップを手に取り、紅茶を飲んだ。熱くて味などしない。

私は、紅茶をもう一口飲んでからきく。

「ひとつ……、私も、そういった小石を探してきましょう。いや、それとも、その……、作品に、他人の手が入るのは、お嫌ですか？」

私の表情は、どうやらひきつっているようだ。

「いいえ……、そんなこと全然ありません」彼女は答えた。

「わかりました。では、集めてみます。どんな石が少ないのですか？」

「そう……」彼女は首を傾げ、少し考えている。

私は待った。

「小さくて薄いものが、そうかしら……」彼女は、しばらくして言った。そして、にっこりと微笑んで、こう続けた。

「ちょうど、人間の、前歯くらいの……」

私は、この表現に身震いがした。

しかし、笑っている彼女の愛らしい唇には、真珠のような前歯が綺麗に並んでいる。それに、彼女のイヤリングは、黄金に塗られた小石で、どんよりとしたランプの照明を、私の方へ無愛想に反射させている。

きくのではなかった……、と私は悔やんだ。

石の形やサイズなど、きくのではなかった……、と。

彼女のドレスは短く、膝から下の露出した細い直線的な脚が、深いカーペットまで伸びている。

彼女は、裸足だった。

私は赤面し、慌てて靴を脱ぐ。

そして、彼女に赦《ゆる》しを乞うために跪《ひざまず》いた。

私が見上げると、彼女は笑って近づき、ゆっくりと両手で私の顔に触れ、接吻した。

壁に掛かっているのだろうか……、時計の音が、私の鼓動よりスローテンポで、左の耳から聞こえる。

カッタ、カッタ、カッタ……。

3

カッタ、カッタ、カッタ……。

唇が離れると、男の顔が見えた。私である。

私は彼女になった。

この男に、私のモザイクを見られている嬉しさが、急に込み上げてくる。

けれども、何故、私はこの男に接吻などしたのか……。

これは夢なのだから、しかたがない。

私は、自分の紅茶を入れるためにテーブルまで戻った。男は私の後ろ姿を、きっと見ているのに違いない。

「沢山、集めてきましょう。絵の具で色を塗るのも手伝いますよ」

男の言葉に、私は腹が立った。他人の持ってきた石など、私の作品に一つだって使いたくない。まして、色を塗る作業をさせるなんて論外である。

小石に着色するのは、とても楽しい工程なのだ。

それは、うっとりするほど、楽しい時間だ。

ざらざらとした手触りの石。

ツルツルとした石。

筆から塗料が移る瞬間。

指先で小石を支えている部分は塗ることができない。その部分は、既に塗ったところが乾燥して初めて塗ることができる。

完全に表面を着色できたときの美しさ。

達成感。

そして、同じ色の小石が並んだときの滑《なめ》らかさ。

爽快感。

すべて、自分一人だけで味わいたい。

眼を細めてみると、グラデーションのように、私の机の上に色が拡散して、空気に浸透している。

「この壁を全部モザイクにしてしまったら、次はどうするつもりなのですか?」男は不躾《ぶしつけ》な質問をした。

「また、その上にモルタルを塗って、次の作品を始めますの」私は答える。

そんなことは、当たり前ではないか……。

「え?　そんなもったいないことをするのですか?」男は、案の定、驚いている。

おそらく、本当の創作の動機というものに触れた経験がないのだろう。

「ええ……」私は紅茶を入れたカップを持ちながら振り返った。

「では、この作品のまえにも、ここに、別のモザイク画があったのですね?」

「そうです」私は頷く。「これのまえにも、そのまたまえにも、ありましたわ。今のは三つ目です」

「あの……、何故、同じ壁にモザイク画を作ろうとなさるのですか? 別の壁にすれば、モルタルなど塗って消してしまわなくても良いのではありませんか?」

「でも、私の部屋にはこの壁しかありませんもの」私は本当ではない理由を答えた。「他は、ご覧のように、窓があったり、扉があったり、ほら、その書棚があったり、邪魔なものがありますから」

「いかがでしょう……」男は赤面して言った。「私の部屋の壁をお貸ししましょうか? 私の部屋は入口以外の三面とも、何もありません。綺麗な長方形です。ね、そこをお使い下さい。そうすれば、貴女は、せっかく作った作品を消さないで済むのです」

私は困った。

「いえ、でも……」私は必死に考えながら返答をする。「一度作ってしまった作品は、どうしても消してしまわないと、いけないのです。そうすることによって、初めて次の作品の構想が浮かびますの。まえの作品をモルタルで塗り込めるときから、次の作品が始まるのです」

「あ……、いや、失礼しました」男は肩を竦める。「わかるような気がします。そういうものかもしれませんね」

私は、男の落胆した表情を見ながら紅茶を飲んだ。

私の鼓動は速くなっていた。

自分の不純な動機を、彼に見抜かれたのではないか、という不安に……。

4

男は、絨毯の上で横になって眠っている。
二度と起き上がることはないだろう。
あの紅茶を全部飲んだのだから……。
男の前歯は比較的綺麗だった。
絵の具を塗って、
白い机の上に一列に並べたら、
もっと綺麗だろう。
小さくて平たい、
小石のような前歯が、

モザイクには一番適している。

私は、満足の溜息をつく。

カッタ、カッタ、カッタ……。

5

坂を上り切って景色が開けたとき、私は夢から醒めた。

モビカ氏は、まだ煙草を吸っている。二人とも、歩く速度がずいぶんゆっくりになっていた。

山は迫り、空は仕切られ、さらに高度が強調されている。空気は澄み渡り、いかにも粘性が低い。だから、私の髪は風で揺《ゆ》れている。

私は振り向いて、誰かの姿を見ようとした。

しかし、後方には誰もいない。

前には、家族連れの四人が、私たちと同方向に歩いていた。

他に人影は、ない。

私が何故振り向いたのか、とモビカ氏は不思議そうにして、少ししてから後ろを二、三度見た。

私は歩き疲れて少し汗をかいていた。

モビカ氏は、煙草を捨てると、最後のひと煙をゆっくりと吐き出し、「まだ、遠いの？」ときいた。

「いえ、もう少しですよ。疲れましたか？」私は、息が切れていたのか、高い声で答えたようだ。

このまま、いつまでも、どこにも着かなければ良いのに、と何故か私は思う。目的地の滝などに私は興味がないからだ。私は下を見ながら歩き、地面の小さな石ころに目をとめては、その形状を評価していた。

良い形の石が見つかった。

私は、屈み込んで、それを右手で拾い上げる。

気がつくと、私の左手は、溢れるほど沢山の小石を摑んでいる。力を入れてみると、ぎしぎしと音を立てた。

あまり気持ちの良い音ではない。

すぐ目の前の道端に、珍しい雑草があった。私はとても嬉しくなって、その雑草の名をモビカ氏に告げる。

「ああ、そうだね……」モビカ氏はにっこりと笑って頷いた。「でも、もう、石を拾うのはやめたらどう？　どうせ、捨ててしまうのだから……」

「捨てる?」私は、モビカ氏の言葉が不思議だった。

どうして不思議に思ったのか、よくわからない。

でも、そんな気持ちは一瞬で消える。

私の顔を見て、モビカ氏は、優しく微笑んだ。

「歩きながら石ころを拾うの、子供のときからの癖だよね、姉さんの」

6

鮮血のように美しい赤色の印象とともに、青銅の鎧《よろい》にも似た茫漠《ぼうばく》の匣《はこ》の中に、私は葬《ほうむ》られていた。

私の目の前には、緻密《ちみつ》なモルタルが塗り込められ、新しいモザイク画が造形されるのを静かに待っている。

彩られた無数の小石は、時計の刻みに合わせて、白い机の上で愉快に踊っていることだろう。

カッタ、カッタ、カッタ、カッタ……。

あとには、暴発した予感の残響だけが、きいんと耳の奥で鳴っているばかりで、私の左の耳からは、細い煙が、今も漂い出ている。

キシマ先生の静かな生活

The Silent World of Dr. Kishima

1

もし誰かが、キシマ先生はどんな人物かと尋ねてきたら、僕は間違いなく、先生はとびっきりの天才で、尊敬に値する学者だと答えるだろう。

キシマ先生の存在を初めて知ったのは、僕が大学院の修士課程一年（M1）のときだ。実は、学部（四年生以下のこと）のときの演習でも何度か先生と顔を合わせていたと思うけれど、全然、記憶には残らなかった。先生は、小柄で、特に目だった特徴はない。髪が少し長くて、黒い縁のメガネをかけている。たまに不精髭を生やしていることがあったけれど、それは単に剃り忘れただけのことだ。先生には髭を剃る時間も惜しかったのだろう、と思う。院生になると、院生室という大部屋に、個人の机と椅子があてがわれる。先生は、よく院生室を覗いて、僕がそこにいると、にこにこしながら入ってこられたものだ。

「どう？　この頃、調子は」

それが、キシマ先生の挨拶だった。

僕とキシマ先生は、周波数が一致したとでもいうのか、なんとなく最初から気が合ったのだ。

キシマ先生は、当時三十三歳だった。ちょうど僕の十歳上になる。先生は、大学の助手という身分で、これは、教授、助教授、講師の下にいる教官の名称だ。助手という呼び名は、歴史的にどういう経緯があるのか知らないけれど、少なくとも、理系の学部では、呼称が適当とは僕には思えない。誰かの仕事をアシストしているという意味はないように見えたし、社会一般の人からすれば、いかにも不当な呼称だといえるからだ。特に、キシマ先生のような素晴らしい学者に対してはなおさら、そう思えた。でも、先生自身は、助手は気楽で良い、といつもおっしゃっていた。

キシマ先生がどんな研究をしているのか、僕の周辺では誰もよく知らなかったけれど、ある研究領域で、先生は既に世界的にも第一人者だった。僕は、比較的キシマ先生の研究に近いテーマで修士論文を書こうとしていたので、世界中の雑誌に掲載されている論文に、キシマ先生の既発表論文が頻繁に引用されていることを知っていたし、それに、あまりよくは理解できなかったけれど、先生の論文にもほとんど目を通していた。

先生の論文には図が滅多に使われない。それは、いつもテンソル（まあ、ベクトルの親分みたいなものといえば良いか）を使った数式でいっぱいだった。昔、フランスのラグランジュという有名な学者がそうだったらしいけれど、僕などは、先生の論文に書かれている数式を、いちいちコンピュータで数値計算させるか、作図して確かめないとイメージできないことが多かった。

先生は、いつも単名で論文を発表される。普通よくあるように、教授や助教授との連名ではない。先生の講座の教授も助教授も、先生とは違う分野の研究者だった。たぶん、大学で先生の研究を一番理解していたのは僕だった、と自負している。

先生は、研究室にいるときでも、自分の部屋を出られることはほとんどない。それどころか、大学に出勤されないことも多かった。助手は、基本的に講義を受け持たないが、学部の演習と、大学院の一部のゼミにだけ先生は顔を出された。大学院生はみんな、キシマ先生を恐れていた。大学院では、自分の研究の途中経過などを発表する機会が多いのだが、キシマ先生はいつも、相手がまったく答えられないような質問をされるからだ。質問を受けた学生は立ち往生するし、その学生を指導している教授、助教授も、たいていは「まあ、そこは難しいところだからね」などといった、お茶を濁すだけの助け船しか出すことができなかった。先生は、こういうときでも、飾りのない言葉で本当に喧嘩をしているみたいな言い方をされる。教授や助教授にも受けが良いわけがない。先生が助教授に昇格できなかった理由は、ひょっとしたら、いや、たぶん、こんなところにあったのだ、と思う。

学会の研究発表会でも、キシマ先生は同じだった。

僕は、M1のとき初めて、キシマ先生がこういった公式の場で発言されているところを見た。そのときは、学会が外国から招待した研究者の講演会で（もちろん、僕はこれを聴くために学会に出席したのだが）、二百人くらいの国内の研究者がそれを聴いていた。講演が終わって、司会者が、質問や意見を聴講者に求めたとき、キシマ先生は後ろの方から手を挙げられ、マイクを持って次のような内容のことをおっしゃった。

「僕なら（先生は、いつでも、どこでも、自分のことを僕と言われるが、このときは英語だから関係ない）、この四つ目の仮定、つまり、図4の曲線をエキスポーネンシャルで近似した仮定……、これは使わない。最初の三つの仮定がファンタスティックなのに、四つ目の仮定はエキセントリックだ。まったく、信じられない（アンビリーバブルだ）。これで、この論文が台無しになっている。貴方は、いつかこの四つ目の仮定を取り下げることになるだろう。それがわかっているはずなのに、貴方は何故こんな辻褄《つじつま》合わせをしたのか？　慌てなければならない理由があったのか？」

たぶん、こういう内容だったと思う。キシマ先生の英語は上手《うま》くなかったが、内容は的確に壇上の研究者にも伝わったはずだ。会場は騒然とし、そして、すぐに水を打ったように静かになった。白人の研究者は困った表情で肩を竦《すく》め、「今、その理由を説明するだけのデータも時間も持ち合わせていない」とだけ答えた。

僕の座っていたすぐ前の座席で、「キシマの方がエキセントリックだ」と囁く声が聞こえたけれど、僕はキシマ先生は凄《すご》いと思った。その証拠に、その翌年に発表された同じ研究者の論文には、問題の四つ目の仮定は使われず、最初の三つの仮定から組み立てられた計算だけで、最終的な結論が導かれていたのだ。その論文は素晴らしい内容で、もちろん、キシマ先生の既発表論文が三つも引用されていた。僕は、その論文のことでキシマ先生にきいた覚えがある。

「先生があのときした質問で気がついたんですね。謝辞くらい書いてもらっても良かったのに」

「奴だって馬鹿じゃない。これは、最高に良い論文だ。僕はこいつを尊敬している」

そういえば、この講演会のすぐあと、ロビィで紙コップのコーヒーを飲んでいるキシマ先生を僕は見つけた。みんな誰かと話をしているのに、先生だけは独りでぽつんと立っていた。僕は、さきほどの質問で、先生がエキセントリックという単語をどういう意味で使われたのかをきいてみたかったので、そのことを質問した。

「はは、そうだね。王道を外れている、という意味だ」先生はにやりと微笑んで答えた。

「王道って、学問に王道なしの王道ですか？」

「違う、まったく反対だ。ロイヤルロードの意味じゃない。覇道《はどう》と言うべきかな。僕は、王道という言葉が好きだから、悪い意味には絶対に使わないよ。学問には王道しかない」

そのときの印象が強くて、僕はキシマ先生のことが決定的に好きになったし、この「学問には王道しかない」という先生の言葉も、それから永く僕の頭に残った。いかにも、それはキシマ先生の生き方を象徴しているように思えたし、それに、僕が今こうして研究者になっているのも、たぶん、この一言の響きのためだった、といってもいい過ぎじゃない。

2

キシマ先生は、コンピュータの天才だった。僕が大学院生の頃は、まだ、パソコンなんてハンダ付けして組み立てるキットしかなかったし、TSS端末が目新しかった時代で、ディスプレイでプログラムが組めるのが夢みたいに嬉しかった。なにしろ、それまでは、プログラムリストを紙に鉛筆で書いて、その一行一行を一枚ずつのカードにパンチしていたのだから……。

大学の計算機センタに僕は入り浸っていたし、その二階にあるTSS端末の席を確保するために、早起きをして場所を取りにいったものだ。ところが、毎朝、端末室のドアの前に行くと、キシマ先生が立っている。先生がいつも一番だった。

これにはわけがある。実は、キシマ先生は、午後は大学にいない。演習があるときは、(先生いわく)「残業」されていたけれど、毎日、先生は昼食を生協の食堂で食べたあと帰ってしまう。つまり、それが先生にとっては夕食であって、午後はずっと先生は寝ているのだ。「午前零時が起床時間だ。時間の計算が楽だよ」とおっしゃっていた。だから、朝早く、計算機センタに来ることくらい、先生にはなんでもないことだったのだ。

確かに、端末の場所取りの目的もあったけれど、本当はもう一つ、先生が計算機センタに早くやってくる重要な別の理由があった。これは、僕が一番よく知っている。いや、他にも知っている学生がいたかもしれない。ただ、少なくとも、僕は今まで誰にも話していない。

大学の計算機センタには沢山の職員がいたんだけれど、もの凄い美人の職員が一人いた。もちろん、僕よりも歳上だと思う。学生の間でも頻繁に話題になったほどだ。それに、彼女は、とてもコンピュータのことに詳しかった。計算機センタの職員なんだから当たり前だ、と思うかもしれないけれど、そんなことはない。システムやプログラムなどに関する細かい相談を受けて、的確に答えられる人間なんて、そうざらにいるものではない。でも、沢村《さわむら》さん（それが、彼女の名前だ）は、本当に何でも知っていたし、アドバイスがいつも的確だった。とにかく、最高に頭が切れる。当然ながら、学生に絶大な人気があった。きびきびしていたし、目つきが鋭いところがとてもセクシィだった。だから、僕たち学生は、沢村さんが相談室にいる時間をよく調べていて、ちょっとしたことでも質問にいったりしたものだ。馬鹿な質問をしてでも、彼女に睨まれたい、なんていう奴だっていたくらいだ。

キシマ先生は、沢村さんが好きだったんだ。それは、先生の視線でわかった。計算機センタの端末室や談話室で、先生と僕が話をしているとき（僕はいつも、近くにいるキシマ先生にすぐいろいろな相談をしていた）、突然、何の脈絡もなく、先生が話を中断することがよくあった。そういうときには、必ず、沢村さんが近くにいるのだ。先生は、僕をほったらかしにして、ずっと沢村さんを目で追っている。そして、彼女が部屋を出ていってしまうと、何もなかったみたいに、急に話の続きを始めるのだった。

沢村さんは、毎朝、一番に計算機センタに出勤する。センタの玄関の鍵は必ず彼女が開けるのだ。だから、キシマ先生が、朝早く、そのドアが開くまえから待っているのは、その理由だった。

僕も早く来過ぎてしまったとき、玄関の前でそのシーンを目撃したことが二、三度ある。キシマ先生は、沢村さんに「おはようございます」とだけ言っていた。沢村さんがどんな返事をしていたのか覚えていないけれど、でもきっと、変な先生がいる、というくらいの印象は持っただろう。

玄関のドアが開いて、ロビィに入ったあとも、二階の端末室の鍵が開くまでには、さらに十五分ほどかかる。沢村さんだって、どこかで着替えをしていただろうし、他の職員たちもこの間にやってくる。入出力関係の装置の電源を入れたり、いろいろしなくてはならない仕事があったんだと思う。だから、普通、みんなは端末室の鍵が開く時刻を目当てにしてやってくる。つまり、キシマ先生は十五分も早く来て、センタのロビィでずっと待っていたことになる。そこは禁煙だったから煙草も吸えないのだ。

キシマ先生は、この十五分間を沢村さんに捧《ささ》げていたのだ。これは、時間に几帳面《きちょうめん》で、合理的な生活を旨《むね》とするキシマ先生には極めて異例のことだ。僕はずっと、先生が重要な時間の浪費をしている、と思っていた。

3

M2のときだったと思う。僕とキシマ先生と沢村さんは、繁華街の喫茶店で三人で話をした。これはもう、神の導きとしか思えない偶然だった。

その日は論文の締切で、午後五時までに原稿を学会の支部まで持っていかなくてはならなかった。僕は、三日ほどまえからほとんど徹夜の状態だった。その締切日の午後一時頃、僕が院生室の自分の机で、論文原稿の最後の仕上げをしているとき、キシマ先生がぶらりと現れた。

「どう？　調子は……」キシマ先生は煙草に火をつけながら言った。「まだ、できてないのかい？」

「ええ、あと、図面を貼って……、謝辞と引用文献を書くだけです」僕は作業をしながら答える。

その頃は、図面はたいていロットリングとテンプレートで描いていたし、コピィ機で簡単に拡大・縮小もできなかったから、図面のサイズ調整だけは、さきに写真屋さんに頼んだものだ。それを切り取って、糊《のり》で一枚ずつ貼り付ける作業を僕はしていた。

もう午後だったから、キシマ先生は帰って寝る時間だ。だから、先生は自分の論文をとっくに完成させて、余裕で僕たちの様子を見にこられたのだ、と思った。

「先生は、もう終わったんですか？」

「はは、いや、これからだよ」キシマ先生は笑って、ぶらりと部屋を出ていった。

締切の五時寸前に、僕は、学会支部の事務局へ自分の論文を提出しにいった。事務局は、大学から地下鉄で三十分くらいの繁華街にあるビルの一室だった。そうしたら、そこの事務室の机で、キシマ先生が何かを書いているのだ。

「先生、こんなところで何されてるんです？」僕は不思議に思って、先生の机を覗き込んだ。

「見りゃわかるだろう。論文書いてるんだよ」キシマ先生は、もの凄いスピードで字を書きながら答えた。「ちょっと、黙って待ってろ、もうすぐ終わるから」

しかし、結局、先生の論文が仕上がったのは六時頃だった。そこにいた担当の事務員さんは、締切の時刻をとうに過ぎている、と文句を何度も言ったし、それに、帰るにも帰れなかった。

先生はボールペンで書きなぐったような論文を満足げに見直し、「よし……」と言って、それを提出した。もちろん、その頃は、まだワープロなんてなかったから、学会の論文だって手書きだったんだ。

僕も、事務員さんと同様、帰れなかった。別にそこにいる理由はないと思ったけれど、キシマ先生に「待ってろ」と言われたのだからしかたがない。諦めて、先生が論文を書いている間、ずっと待っていた。事務員さんが、ぼんやりと待っている僕のために、わざわざお茶を出してくれたのを覚えている。

それで、そのあと、僕とキシマ先生は二人で一緒に帰ることになった。地下鉄の駅の近くまで歩いてきたとき、先生はコーヒーを奢《おご》ってやると言われた。なんとも珍しいこともあるものだと思って、僕が頷くと、先生はにやりと笑ってこうおっしゃった。

「実は、財布を忘れてきた。来るときも、知らない人に電車賃を借りた、いやもらったんだ。その代わりに、半分以上残っていた煙草を一箱やったけどな。コーヒー代は明日返すから、ちょっと、千円ほど貸してくれ。それに、煙草が吸いたい」

たぶん、金曜日だったのだろう。入った喫茶店は混んでいて、空いているテーブルがなかった。僕と先生は諦めて、その店を出ようとした。

「先生」という女性の声。

僕も驚いたし、キシマ先生なんか、もう、首が折れてしまうくらいのけ反って、びっくりしていた。

一番奥のテーブルに、沢村さんが一人で座っていたのだ。

彼女は、僕らに手を振っていた。

そういう場所で、大きな声が出せる女性なんだな、と僕は変な感心をした。

　それで、僕ら三人がそこで話をするスペシャルタイムになったわけだ。僕とキシマ先生は並んで沢村さんの向い側の椅子に座った。沢村さんが、どんな服装だったのか覚えていないけれど、彼女はお化粧をしていて、計算機センタでいつも見ているときよりも、いっそう綺麗だった。

「学会の論文の締切だったものですから、この近くまで、それを出しにきたのです」キシマ先生はしゃべる。「いや、まあ、そんなことはどうでも良いことです。しかしながら、論文を書いた甲斐《かい》があったというものです。沢村さん、お宅は、この近くですか？」

「いいえ、近くだったら、喫茶店なんて入りません」沢村さんは理知的に微笑む。言っていることも、実に論理的だ。

「今、出してきた論文は、なかなか良いものです」先生はまたしゃべる。「実は昨日まで、面白い思いつきがなかったものですから、本当のところ諦めていたのです。それが、今日の午前中になって急に閃《ひらめ》きましてね。これは面白い。うん、なかなか斬新な発想だったのです。ですから、それをお昼頃までにきちんと検算して……、たった今完成させましてね、は は、人間、切羽《せっぱ》詰まると何とかなるものです。今日、僕が出した論文は、僕の人生のきっと星になるでしょう」

「ホシ……ですか？」沢村さんは首を傾げる。

「ええ、星座の中の星ですよ」

僕は横で聞いていて必死に笑いを堪《こら》えていた。キシマ先生のロマンティックな表現が、無理なく現代の若い女性に通じるものだろうか、と大いに心配しながら……。

「君も、よくセンタに来てるね」沢村さんは僕の方を見て言った。「キシマ先生の講座なの？」

「あ、いえ、僕は、その、先生とは講座は違いますけど……」僕も、沢村さんと話ができるのがとても嬉しくて、完全に舞い上がっていたから、ろくな受け応えができない。だいたい、女の人と一緒に喫茶店に入ったことだってなかったし、沢村さんが横を向いているときしか、彼女の顔を見ることができなかったくらいだ。

キシマ先生は次々におかしな質問をした。僕は、気が気ではなかった。

「センタでは、Cでコーディングをしている人はいますか？」キシマ先生は、また違う質問をする。どうも、会話は途切れがちで、かみ合っていないように、僕には思えた。

「まだ、少数派ですね」と沢村さん。「科学技術計算用のライブラリィが貧弱なものしかありませんから」

「ライブラリィなんて、もともと大したものじゃありません」

「Cってなんですか？」と僕。

その頃の僕は、もちろん、FORTRAN《フォートラン》しか知らない。

「プログラミング言語だ」キシマ先生は僕に説明する。「このまえ、『はじめてのC』という本を読んで感動した。これからは、Cだ」

僕は、先生の言われた『はじめてのC』という本の題名と、「これからはCだ」という発言で、不覚にも赤面してしまった。

先生は気づいていなかったみたいだけれど、沢村さんは、口もとを手で隠して、僕を見て笑っていたと思う。あのときは本当に恥ずかしかった。

それにしても、キシマ先生はよくしゃべった。いつもよりトーンが一オクターブは高い。こんなに機嫌が良い先生を見たことはなかった。

でも、その反動というべきか……、ちょうど僕とキシマ先生がコーヒーを飲み終わった頃、残念なことになってしまった。

沢村さんの彼氏が現れたのだ。

きちんとしたスーツを着たビジネスマンふうの人で、とても愛想が良かった。僕とキシマ先生が立ち上がっても、彼は僕らを引き止めようとしたくらいだ。

沢村さんは、キシマ先生を彼に紹介し、僕も紹介してくれた。でも、彼氏がどんな人なのか、特に沢村さんにとってどんな人なのか、説明はなかった。

僕らは、挨拶だけして喫茶店を出た。

ああ、それから……、大学まで帰る道すがら、僕らの沈黙は最高に重かった。

僕は何度かキシマ先生に話しかけた。でも、先生は、「そうね」なんて、アルミホイルみたいに軽い返事をするだけで、全然、上の空なんだ。僕も、沢村さんに彼氏がいたことが残念だったけれど、先生の気持ちを思うと、自分のことなんてどうでも良かった。あんな美人に彼氏がいないはずはない、とは思った。でも、とてもそんな慰《なぐさ》めの言葉、口には出せない状況だったのだ。とにかく、どういうわけか、僕は気が高ぶって、キシマ先生と別れて下宿に帰ったあとも、なかなか眠れなかった。

4

僕は、修士課程を修了して、大学院の博士課程に進学した。キシマ先生は相変わらず助手だった。

計算機センタの沢村さんは、僕がD１（博士課程一年生）のときに結婚した。それはつまり、例の喫茶店のことがあって、一年ほどあとのことだ。彼女の結婚相手があのときの男なのかどうかは、僕は知らなかった。

計算機センタの職員は白衣を着ている人が多かったけれど、紫色の小さなネームプレートを全員が胸に付けている。沢村さんの「沢村」が、この年の秋に、「飯田」に変わったから、結婚したんだ、と学生みんなが大騒ぎした。

僕は、キシマ先生と一緒に沢村さんの彼氏に会った話を誰にもしなかったし、みんなが、沢村さんの結婚で騒いでいるときも、無関心を装っていた。

　ところで、キシマ先生と僕は、その頃にはずいぶん親しくなっていた。僕は、先生の研究がようやく理解できるくらいには成長していたし、先生のこれまでの業績の中に、幾つかやり残されている部分があることを発見した。それを先生に言いにいくと、先生はとても喜んだ。それで、二人で相談して、そのやり残しの課題を僕が担当することにもなった。それは僕自身にとっても、とても興味のある対象だった。修士のときよりも、先生の研究領域に近いテーマになったわけだ。結局、これを発展させて僕は博士論文を書いたし、今でも僕はこのフィールドを中心に研究者としての仕事をしている。

　キシマ先生のアパートにも一度だけお邪魔したことがある。

　先生は、毎日、おんぼろの自転車で大学まで通われていた。アパートは歩いたら大学から三十分ほどのところだ。先生の部屋は、その古い木造二階建てアパートの一階だった。なんでも、最初は二階だったのに、本の重みで床がたわんでしまったため、大家に言われて、一階に引っ越したのだそうだ。

　それくらい、先生の部屋は本でいっぱいだった。本棚が沢山あったけれど、全然収容能力が足りない。布団は敷きっぱなしで、本の山の谷間にある。本を乗り越えないと寝ることもできない。テレビも、机も、椅子も、何もないのだ。台所には小さなテーブルと椅子が一組だけあったが、冷蔵庫はコンセントが抜かれていて、ただの整理棚の役目しかしていなかった。開けてみたら、そこが食器入れになっているのだ。

　僕たちは、先生の布団の上に座って、三時間ほど研究の話をした。先生と連名の論文を書くことになったので、その打ち合わせだった。先生の布団は、あちこちに煙草の焦げ痕があって、穴が開いていたけれど、先生は大きな灰皿をそばに置いて、つぎつぎに煙草を吸った。僕が質問すると、先生はたびたび立ち上がり、山のように積み上げた中から、本を手慣れた動作で抜き出し、そのうちの何冊かを僕に貸してくれた。どこに、どんな本があるのか完全に頭に入っているようだった。

　夕方の六時くらいだっただろうか、それは、先生にしてみたら、ずいぶん夜更《よふ》かしになるわけなので、僕は、もう帰ろうと思った。すると、先生が、何か飲むかとおっしゃって、台所からお酒を持ってこられた。こんなことは奇跡に近いことだ。何故なら、キシマ先生はアルコールは飲まない、と誰もが思っていたからだ。今までに、キシマ先生がお酒を飲んでいるところを見た者はいない。それは有名だった。いや、今でも、世界中で僕だけがそれを知っているのかもしれない。このとき、先生自身も、他人と一緒に酒を飲んだことはない、とはっきりおっしゃったくらいだ。

　飲んだのはウイスキイで、電気の切れている冷蔵庫のため、氷とかはなかったけれど、なかなかいけた。先生はお酒に強かった。全然変わらないのだ。僕は、先生よりずっと弱かったから、なるべくセーブして少しずつ飲んでいた。

僕はお酒の勢いで、このとき初めて、沢村さんのことを先生にきいてみた。

「ああ、そう、結婚したそうだ」先生は表情を変えずに答えた。「例の、あそこで君も一緒に会った人だよ。彼女、普通の男と結婚したね」

「先生、どうして、それを知ってるんですか?」

「彼女にきいたからだよ」

「へえ……」僕は少し驚いた。「誰と結婚したか、きいたんですか?」

「違う」キシマ先生はゆっくりと首をふった。「僕と結婚しないか、ときいたのだ」

「え?」僕の口は開いたままになった。「え……、それは……、つまり、プロポーズしたんですか? え、いつですか? それ」

「なんだぁ? プロポーズ? ああ、そうだ、まあ提案したわけだな……。うん、間違いではない」

プロポーズという単語は、新しい解析モデルか計算手法を提案するときにしか、先生は使わないのだろう。

「いつだったかな……」先生はグラスを口につけながら考える。「もう、半年くらいまえかな」

「凄い! そうだったんですか……、へえ、凄いですね、先生」

「僕はもともと凄い男だ」キシマ先生は無表情だ。「今さら、驚いてどうする」

先生は、いつもの調子で少し誇らしげな顔をする。

「でも、ふられたんでしょう？」僕は少し可笑《おか》しくなってきいた。

「ふられた？　それは違うな……。まあ、彼女にも、その何ていうのか、成り行き……、いや少し違うな……、しがらみ、というのか、どうも言葉が出てこないが、周《まわ》りに対する義理みたいなものがあったんだな。それはそれで、しかたがないことだ。そういうものは僕にはないが、普通の人間には沢山あることは学習している。つまりは、僕が彼女に言うのが遅かった。もう、話が決まっていたようだったね。もう少し、早く言ってほしかった、てなことを言われたよ」

「え、本当ですか？　それ」僕はますます可笑しくなる。「断るときは、みんな、そう言うんじゃないですか？」

「意外に低俗なことを言うな、君は……」キシマ先生は少しむっとする。「まあ、どう思うかは君の勝手だ。結果には変わりがない。しかし、僕は嘘は言わないし、彼女もそれは本心だろう。確かに、僕と彼女は出会うのが少し遅過ぎたな」

僕は、先生の飄々《ひょうひょう》とした態度が妙に可笑しくて、もう笑いを堪えるのがやっとだった。なんという自信だろう。

いや、それでこそキシマ先生だと思えて、本当に嬉しかった。こんな男が世の中にいるのか、ということに感動した。きっと、あの喫茶店から帰ったときだって、僕が考えていたように、先生は落ち込んでなんかいなかったのに違いない。ただ、次の論文のことか、それとも、新たな研究の構想に夢中で、上の空だったのだろう。気を遣《つか》っていたのは僕だけだったんだ。そう思えてきて、僕はとてもすっきりした。

その日、先生のアパートにあったウイスキィは全部、空《から》になったそうだ。恥ずかしいことに僕は覚えていない。僕の人生で、お酒で記憶を失ったのはこの一夜だけだ。ただ、翌朝、先生に起こされたとき、僕は時計がまだ四時だったことを覚えている。

「おはよう」

「先生……、まだ四時ですよ」

「もう、四時だ」

キシマ先生は台所のテーブルで本を読んでいた。

5

僕は、博士課程を満了して、近くの私立大学に助手で採用された。そのときも、キシマ先生は相変わらず助手だった。もう、四十近い年齢だったのにまだ独身だったし、風貌や生活にも少しの変化も見られなかった。でも、残念ながら、先生と話をする機会はほとんどなくなった。

僕は、助手になって三年目に恋愛結婚した。ここでは詳しく話さないけれど、これは本当に神のお導きだったのだ。当然ながら、僕は結婚式にキシマ先生を招待した。

先生は、司会者を完全に無視して、三十分もスピーチをしたし、しかもその内容の九割は、弾塑性論や流体力学の最新の研究の動向についてだったから、もう、僕以外の人間にはちんぷんかんぷんだっただろう。さらにその上、先生は、司会者の皮肉を振り切って、マイウェイを三番まで英語で熱唱した。この披露宴のときのビデオ撮影を、あらかじめ式場係に頼んでおいたので、新婚旅行から帰ってきて、すぐにそれを見たけれど、キシマ先生の歌は全部カットされていた。そのことは、僕の人生の中で、最高に悔やまれることの一つといえる。世の中には、ものの価値のわからない人がいるものだ。

僕は、その後、国立大学に移り、三十三歳で助教授に昇格した。そのときもキシマ先生はまだ助手だった。僕は恩師を追い抜いてしまった。でも、先生からは、お祝いの手紙をもらった。

キシマ先生は四十五歳のときに結婚された。

それは本当に突然だったし、僕がちょうどイギリスに留学中のときで、先生の結婚式に僕は出られなかった。それと同時に、先生は、九州の大学に助教授で栄転されたのだ。

僕は全然気がつかなかった。

驚くべきことに、先生の結婚相手は、あの沢村さんだった。

それは、ずいぶんあとになってわかったことだ。

計算機センタのマドンナ、沢村さんは、まえのご主人と離婚し、キシマ先生と結婚したのだ。

僕は、この事実を知ったとき、感動して、本当に背筋が寒くなった。

先生は嘘を言わなかった。

先生の自信は本ものだったのだ。

僕は叫びたいくらい嬉しかった。すぐにでも、キシマ先生に会いにいきたくなった。それに、先生の奥さんになった沢村さん（実は彼女のファーストネームを僕は思い出せない）にも会いたいと思った。もう十年以上経つけれど、彼女は、きっとまだ綺麗で、いや、もっと綺麗になっているだろう。きっとあのセクシィな鋭い目でキシマ先生を睨んでいることだろう。沢村さんは、てきぱきとキシマ家を切り回しているに違いない。ちゃんと掃除をして、本も片づけて、それに冷蔵庫も本来の目的で使っているはずだ。先生は、寝煙草なんて当然やめさせられているに決まっている。そんなことを想像して、僕は楽しくて涙が出るくらいだった。

でも、それ以来、僕はキシマ先生と会っていない。

先生は、昨年、大学を辞められた、と聞いている。まだ、四十七歳だ。

僕には、その理由がわかる。

先生は、助教授になって忙しくなり、気楽で自由な研究生活ができなくなったのだ。午後の時間を睡眠に使うことができなくなり、講義を担当しなくてはならなくなり、委員会や学会の運営にも係わらなくてはならない立場に立たされたのだ。そんな、不自由な生活に、キシマ先生が我慢できるはずがない。僕にはそれがよくわかる。

僕はどうだろう……。

最近、研究をしているだろうか。勉強しているだろうか。そんな時間がどこにあるだろう。子供もできて、日曜日は家族サービスでつぶれてしまう。大学にいたって、つまらない仕事ばかりだ。人事のこと、報告書のこと、カリキュラムのこと、入学試験のこと、大学改革のこと、選挙、委員会、会議、そして、書類、書類、書類……。

いつから、僕は研究者をやめたのだろう?

一日中、たった一つの微分方程式を睨んでいた、あの素敵な時間は、どこへいってしまったのだろう?

キシマ先生と話した、あの壮大な、純粋な、綺麗な、解析モデルは、今は誰が考えているのだろうか?

世界のどこかで、僕よりも若い誰かが、同じことで悩んでいるのだろうか……。もしそうなら、僕は、その人が羨ましい。

キシマ先生のところに出した年賀状が、今年は宛先不明で戻ってきた。

風の便りで、キシマ先生の奥さんが自殺して亡くなった、と聞いたのも、つい最近のことである。

でも、キシマ先生だけは、今でも相変わらず、学問の王道を歩かれている、と僕は信じている。

数学者と狂気

萩尾望都

　さてまず「誰もいなくなった」を見てみよう。西之園萌絵が、手を振るフカシとヨーコに応えたポーズ。

「……萌絵は、両手を顔の横で広げてみせた。人類は十進法を採用しました。というジェスチャではない」

　もう、爆笑。きっと明るくパァと両手のひらをみせた感じ。そこに十進法が出てくるとは。森博嗣は数学頭を持っている。まだある。同じ短編中に、倒れている仮の死体を解説して、

「3人をベクトルと考えて、そのまま中心点に平行移動すると、ほぼ百二十度ずつの角度になりそうである」

　などなど。何ておもしろい言い方だろう。頭の中に中学校で習った図形がピカピカ点滅《テンメツ》する。数学が頭に住んでいて、呼吸するように数字を使う、そういう人に世界はどんなふうに

見えてるんだろうか。それは明解で明晰で、秩序《ちつじょ》と公式の世界だろうか。

いいや。それがそうではないらしいのだ。森博嗣の書く小説の中では、世界の輪郭《りんかく》は謎にぼやけ、抽象《ちゅうしょう》と混迷の中に消えてゆくのである。

例えば「彼女の迷宮」では、秩序ある公式のような人生を送っている数学の教官、朝倉聖一郎に対して、その妻のサキは、結末の収拾のつかないミステリィを書き続ける。そして、夫に言う。

「理解できないことだってあるのよ、世の中には……。なんでも数学みたいにはいかないのよ」

聖一郎がムダだと排斥《はいせき》したもの、理解できないと切り捨《す》てたものをサキは拾い集めてゆく。その拾い集め方は、あるはずのない身体《からだ》の一部を復活させるという、無茶なサキ流ミステリィに書きつづられるのだが、それは、時間を逆もどりさせても無いものが欲しい、とりもどしたいという不幸なサキの想いかもしれない。夫の聖一郎が、サキを理解できなくても、一言《ひとこと》、きみはそういう人なんだなあ、と、心に添うことを言ってくれていたら……。聖一郎に切り捨てられた物もののひとつであるサキは、自分を拾い、聖一郎をとりもどすため悲劇の結末を選んでしまうのだ。この結末も、聖一郎にはまるっきり理解できないことだろう。

そう、そのように、森博嗣の世界は、世界から切り捨てられた秘密、ミステリィで満ちている。眩暈《メマイ》のように満ちている。そこには絶対的な定義がない。ちょうど彼が『笑わない数学者』の中で解説した鏡の話のように。左右の定義は相対的だと。だから鏡の中で右と左の入れ変わりが可能だと。これも眩暈のする話だ。

「純白の女」や「やさしい恋人へ僕から」も、主人公の立場は相対的だ。そしてまた、入れ子細工のように、箱を開けたらまた箱という、終わらない世界に導かれる。なぜかあいまいで、あいまいな分、つきつめないやさしさがある。ほんとはこれ？　それともあれ？　と、目で活字を追いながら、あれでもどれでもいいのと、活字にだまされたい読者の私に気づく。読み手もまた、作品に対して相対的になってしまうのだ。

「キシマ先生の静かな生活」では、一風変わったキシマ先生と「僕」との交流が語られる。キシマ先生はいつもマイペース。数学が結晶化して人間になったらこんな感じか？　僕と先生はまるで数という神に仕《つか》える満ちたりたふたりの修道士のようだ。しかし、時が過ぎる。〝僕〟は就職し、結婚し、昇進し、子供ができ、日常に流されてゆく。彼はふと、懐古《かいこ》する。

「一日中、たった一つの微分方程式を睨んでいた、あの素敵な時間は、どこへいったのだろう？」

キシマ先生もまた、どこへ行ってしまったのだろう？　彼に何が起こったのだろう？

キシマ先生と一緒に考えた「壮大な、純粋な、綺麗な、解析モデル……」……が、日常にのみこまれてゆく。現実のきしみが神を打ち壊してゆく。

日常の中にも日常に収拾しきれない狂気があり、数学の世界にも抽象の奥底に眩暈をともなう狂気がある。日常と数学の世界を行《ゆ》きつ戻《もど》りつしながら世界の輪郭を確かめようとしても、それは、相対に逃げ、混沌に沈み、ゆっくりとまどろみの中に消えていく。

しかし、消えてゆきながら、「虚空の黙禱者」にあるように、

「……一人だけで良いから、誰か他の人に、自分の生きているところを見ていてもらいたい。……」

という願いもまた、人にはあるのだろう。そのためにここに、この本は在る。世界という目線からわずかにはみだした人々が、犯罪者が、被害者が、何らかの秘密を知った人々が、それぞれの運命の中で世界の謎について、考えるために。

この作品は、一九九七年七月に講談社ノベルスとして刊行されたものです。

|著者|森 博嗣 作家、工学博士。1957年12月生まれ。名古屋大学工学部助教授として勤務するかたわら、1996年に『すべてがFになる』(講談社)で第1回メフィスト賞を受賞しデビュー。以後、続々と作品を発表し、人気を博している。小説に『スカイ・クロラ』シリーズ、『ヴォイド・シェイパ』シリーズ(ともに中央公論新社)、『相田家のグッドバイ』(幻冬舎)、『喜嶋先生の静かな世界』(講談社)など、小説のほかに、『自由をつくる 自在に生きる』(集英社新書)、『孤独の価値』(幻冬舎新書)などの多数の著作がある。2010年には、Amazon.co.jpの10周年記念で殿堂入り著者に選ばれた。ホームページは、「森博嗣の浮遊工作室」(https://www.ne.jp/asahi/beat/non/mori/)。

まどろみ消去《しょうきょ》 MISSING UNDER THE MISTLETOE

森《もり》 博嗣《ひろし》

© MORI Hiroshi 2000

2000年7月15日第1刷発行
2025年5月13日第36刷発行

発行者——篠木和久
発行所——株式会社 講談社
東京都文京区音羽2-12-21 〒112-8001
電話 出版 (03) 5395-3510
販売 (03) 5395-5817
業務 (03) 5395-3615

Printed in Japan

講談社文庫
定価はカバーに表示してあります

KODANSHA

デザイン—菊地信義
製版———株式会社広済堂ネクスト
印刷———株式会社KPSプロダクツ
製本———株式会社KPSプロダクツ

落丁本・乱丁本は購入書店名を明記のうえ、小社業務あてにお送りください。送料は小社負担にてお取替えします。なお、この本の内容についてのお問い合わせは講談社文庫あてにお願いいたします。
本書のコピー、スキャン、デジタル化等の無断複製は著作権法上での例外を除き禁じられています。本書を代行業者等の第三者に依頼してスキャンやデジタル化することはたとえ個人や家庭内の利用でも著作権法違反です。

ISBN4-06-264936-5

講談社文庫刊行の辞

二十一世紀の到来を目睫に望みながら、われわれはいま、人類史上かつて例を見ない巨大な転換期をむかえようとしている。

世界も、日本も、激動の予兆に対する期待とおののきを内に蔵して、未知の時代に歩み入ろうとしている。このときにあたり、創業の人野間清治の「ナショナル・エデュケイター」への志を現代に甦らせようと意図して、われわれはここに古今の文芸作品はいうまでもなく、ひろく人文・社会・自然の諸科学から東西の名著を網羅する、新しい綜合文庫の発刊を決意した。

激動の転換期はまた断絶の時代である。われわれは戦後二十五年間の出版文化のありかたへの深い反省をこめて、この断絶の時代にあえて人間的な持続を求めようとする。いたずらに浮薄な商業主義のあだ花を追い求めることなく、長期にわたって良書に生命をあたえようとつとめるところにしか、今後の出版文化の真の繁栄はあり得ないと信じるからである。

同時にわれわれはこの綜合文庫の刊行を通じて、人文・社会・自然の諸科学が、結局人間の学にほかならないことを立証しようと願っている。かつて知識とは、「汝自身を知る」ことにつきていた。現代社会の瑣末な情報の氾濫のなかから、力強い知識の源泉を掘り起し、技術文明のただなかに、生きた人間の姿を復活させること。それこそわれわれの切なる希求である。

われわれは権威に盲従せず、俗流に媚びることなく、渾然一体となって日本の「草の根」をかたちづくる若く新しい世代の人々に、心をこめてこの新しい綜合文庫をおくり届けたい。それは知識の泉であるとともに感受性のふるさとであり、もっとも有機的に組織され、社会に開かれた万人のための大学をめざしている。大方の支援と協力を衷心より切望してやまない。

一九七一年七月

野間省一